VICTORY NOVELS

超極級戦艦「八島」

❶ 強襲! 米本土砲撃

羅門祐人

電波社

この作品はフィクションであり、登場する国家、団体、人物などは、
現実の国家、団体、人物とは一切関係ありません。

超極級戦艦「八島」(1)——もくじ

強襲！米本土砲撃

プロローグ　一九四二年……7
第一章　国家盛衰の決断……17
第二章　インド独立への布石……64
第三章　太平洋の覇者……126
第四章　新作戦、始動！……174

プロローグ　一九四二年

ここは太平洋、米領ミッドウェイ島の南西二五〇キロ……。

日時は六月二五日。

この日その場所に、忽然とひとつの『島』が出現した。

「し、信じられん……」

思わず声を上げたのは、F・J・フレッチャー少将だ。

彼は合衆国海軍太平洋艦隊司令部が送り出した迎撃任務艦隊——第4／第5任務部隊を統括する作戦部隊司令長官兼第4任務部隊司令官である。

いまフレッチャーがいる場所は、最新鋭の戦艦『ワシントン』の艦橋。

第4任務部隊には僚艦の『ノースカロライナ』や、同じ四〇センチ砲を搭載するメリーランド級の『メリーランド／ウエストバージニア』も配備されている。

対する日本の四〇センチ砲を搭載する戦艦は、長門（ながと）と陸奥（むつ）の二隻のみ。

かつての軍縮条約で対米比七割の屈辱を受けた日本だが、無条約時代に入ってからの日米格差はさらに広がったように思える。

いや……。

米海軍が得ている情報として、『横須賀にある巨大な構造物』に巨砲が搭載されていることは判明している。

だが一年前……。

横須賀に潜入していた合衆国のスパイ数名が一斉検挙されて以降、この巨大構造物に関する情報は完全に途切れてしまった。そのため米太平洋艦隊司令部でも、この巨大構造物が何であるか意見が分かれたままだ。

なぜなら、あまりにも馬鹿げた大きさのため、誰もが戦艦とは認めたがらなかったからである。

ニミッツ長官以下の大半は、おそらく巨大な海上浮遊要塞として建造されたもので、マリアナ諸島やトラック諸島へ曳航したのち、拠点防衛用の浮き砲台として活用させるのだろうとの見解を取っている。

これに対し、未曾有の超巨大戦艦説を主張したのは、スプルーアンスとハルゼーの二名のみだった。

だが……。

実際に目の当たりにすると、声も出ないくらいのショックを受けてしまう。

外形はかなり無骨ながら、どう見ても戦艦にしか見えない。

しかも自力で航行している。

海軍の定義に当てはめれば、間違いなく戦艦である。

「敵艦、発砲!!」

ワシントンの艦橋で作戦艦隊司令部の全員が凍りついているところに、フレデリック・C・シャーマン艦長が叫び声を上げた。

いまは昼間だ。

しかも、彼我の距離は二〇キロも離れている。にも関わらず、はっきりと真紅の砲炎が確認できた。

おおよそ六秒後。

――ドドッズバーッ!

斜行縦陣の先頭艦、戦艦ノースカロライナの右舷前方一八〇メートル。

そこへ、物凄いとしか形容できない超巨大水柱が立ちのぼった。

海中で炸裂したのは、敵艦の主砲弾一発のみ。

おそらく測距射撃だろう。

だがその一発で立ちのぼった水柱の高さは、じつに二〇〇メートル近い。

直後に広がった衝撃波による高波で、ノースカロライナが左舷側に八度も傾いたほどだ。

「着弾時の海面飛沫散布角度から、敵艦は射角三〇度以下で砲撃したと思われます！」

戦闘参謀が真顔で進言してきた。

通常、彼我の距離が二〇キロであれば、戦艦主砲による砲撃は中距離射撃となる。

その時の角度は、三〇度から四〇度のあいだくらいだ。

それが三〇度以下となれば、これは近距離射撃に近い。

ちなみに直射となる近接射撃の射角は五度以下だ。

「近距離射撃だと命中率が高くなるぞ！　全艦、回避行動を取れ!!」

ここでフレッチャーは気弱な命令を発した。

回避運動中は砲撃が難しくなる。

やって出来ないことはないが、測距もしていない時点ではまぐれ当たりしか期待できないし、無駄に艦の揺れを招くため、ほとんどメリットがない。

「敵艦の左右にいた駆逐艦群が、二群に分かれて突撃を開始しました！」

この報告は、誰が行なったか不明だ。

おそらく艦橋デッキにいた海上監視兵の報告を、艦橋内にいる誰かが受けて伝達したのだろう。

「旗艦を孤立させて突撃だと!?」

レーダーと目視による観測では、日本の艦隊は奇妙な構成になっている。

なんと戦艦は一隻のみ。

そして超巨大艦の周囲に、水雷戦隊の旗艦とおぼしき軽巡が一隻。

あとは二〇隻もの駆逐艦が、二個戦隊……おそらく四個水雷隊を編成して付き従っている。

この駆逐艦、常識的に考えれば、巨艦を潜水艦の雷撃から守る駆逐隊だろう。

しかし現在、彼らは水雷隊としてフレッチャーの部隊へ突入しはじめた。

ということは雷撃担当艦であり、対潜駆逐を行なうにしても、それは副次的な役目となる……。

あらゆる海軍常識をくつがえし続ける日本艦隊。

フレッチャーの驚きも止まらない。

もっとも……。

超巨大戦艦『八島（やしま）』は、本当に単艦で孤立しているわけではない。

背後にはきちんと、第一／第三駆逐戦隊の軽巡一隻／駆逐艦一八隻が控えている。


ただ、戦艦八島が巨大すぎて、その影に隠れて見えないだけだ。

それもそのはず……。

超極級戦艦『八島』の排水量は、驚愕の一二八万五六〇〇トン！

一二万トンではない。

桁がひとつ違う百二十八万トンである。

全長六五五メートル／全幅九六メートル……。

計画段階で破棄された、世界最大になるはずだった大和型戦艦の排水量が六四〇〇〇トン。全長二六三メートル／全幅三八・九メートルなのだ。

排水量は、なんと大和型の二〇倍！

全長と全幅に至っては三倍近い。

「ありえない！　あんなものが海に浮かんでたまるか‼」

フレッチャーの理性がブチ切れている。

それを見た部隊参謀長も、ほとんど思考停止したような表情で答えた。

「どう考えても、日本の保有する鋼鉄資材で建艦できるサイズではありません。単艦で大幅に上回っています。おそらくスパイ情報にあった通り、艦体の大半が鉄筋コンクリートで造られていると思われます」

　横須賀に建設された六号ドック、通称『八島ドック』は、あまりにも巨大すぎて隠蔽する方法がなかったため、どこからも見通せる露天となっている。

　そのため八島が建艦される一部始終が、遠目ながら海軍鎮守府の外からも眺めることができた。

　だからスパイたちは、細かい部分は判らないにしても、八島の核心部分となる超巨大なバスタブ状の構造物が鉄筋コンクリートで造られていく様を監視できたのである。

「馬鹿言うな。単なるコンクリート船なら、我が国でもとっくに建造している。そこでわかったことは、コンクリート船は重すぎるから、戦闘艦に必要な浮力を得るには巨大化するしかない。そして巨大化すれば動力が追いつかず、結果的に使い物にならない鈍速艦になってしまう……これは貴様も知ってるはずだ！」

　コンクリート船には、いまフレッチャーが言った欠点の他にも、建設に時間と手間がかかるというものがある。

　つまり鉄鋼資材と建艦費用を節約できるという点を除けば、なにも良いところがない種類の船なのだ。

　そのため米海軍も、戦時急造の安価で大量生産できる輸送船としてしか利用価値を見いだしていない。

「動力は艦が巨大化すれば、いくらでも搭載できます。もっとも燃費の関係で限界はあるでしょうけど……その燃費も、巨大な艦内燃料庫を設置すれば、理論的には無視できます」

「石油がなくて我が国に泣きついていた日本が、燃料を無視した艦を作るか？」

これはフレッチャーの意見のほうが現実を見ている。

しかし日本は、その現実を無視した超巨艦を実際に建艦した……これまた事実である。

「背に腹は代えられないと考えれば、あるいは。私としては、あの巨大艦に、日本がありったけの燃料をぶちこんで出撃させたと言われたら、即座に信じます。

我が国が出した最後通牒……ハルノートは、私個人の意見としては、もし自分があれを突きつけられたら戦争を覚悟するしかない……そう感じられるものでした。

ですから日本は、我慢に我慢を重ねて合衆国との外交による妥結を目指す一方、万が一にも交渉が決裂した場合に備え、起死回生の超巨艦を建艦していた……そう思えてなりません」

二人が言いあいしている間も、ワシントンは忙しく左右に揺れ続ける。

シャーマン艦長が、持てる技量のすべてを注いで回避運動を行なっている証拠だった。

だが……。

――ガッ‼

音にならない音が聞こえた。

右舷方向からだ。

左方向へ回避運動をしはじめたワシントンが、一気に三〇度近くも傾いた。

――ドガガッ！

遅れて耳をつんざく轟音。

先ほどの音なき音は、どうやら音速を越えて海面を走る衝撃波だったらしい。

「ノースカロライナが……！！」

誰かが叫ぶ。

反射的に艦橋右舷の耐爆窓を見るフレッチャー。

艦橋右舷の窓からなら、かろうじて斜行陣の二番手にいるノースカロライナが見えるはず……。

その目に恐ろしい光景が飛びこんできた。

ノースカロライナの第一／第二砲塔と、その背後にある特徴的なタワー型の檣楼が、ものの見事に吹き飛んでいた。

次の瞬間。

――グワッ！

吹き飛んだ檣楼のすぐ後の場所から、吹き上がるように赤黒い火炎と真っ黒な煙が立ちのぼる。

「あ……」

ノースカロライナ級戦艦。

就役艦の中では最新鋭の名を保ち続けている。

すでに最新鋭のサウス・ダコタ級戦艦が完成しているにしても、『現役では最新鋭』という名は海軍の象徴として相応しいものだ。

それがあろうことか、いま目の前で轟沈しつつある！

ノースカロライナの主砲塔前盾や司令塔の装甲は、四〇センチ主砲弾の直撃にも耐える設計になっている。

それを敵砲弾は、まるでダンボール製の厚紙のように吹き飛ばし、背後にある檣楼の骨格をへし折った上で、防護区画の底深くにある缶室区画にまで侵入して爆発した……。

「全艦、全力で射撃を開始しろ！　同時に水雷戦隊は、独自判断で雷撃を実施しろ。それから……スプルーアンス部隊に緊急打電して、即時の航空攻撃による支援を実施するよう命令しろ！　このままでは……ヤバい!!」

フレッチャーの口から、海軍提督には似つかわしくない米語のスラングが飛びだした。

それだけ焦っている証拠だ。

「あれは……46センチとかいうレベルじゃないぞ⁉　おそらく50センチ……いや、檣楼基部の司令塔が吹き飛んだんだ。55センチもしくはそれ以上……ええい、凄すぎて想像もできん！」

海軍経験の豊富なフレッチャーでも、命中した砲弾のサイズを推測できない。

それもそのはずだ。

いまノースカロライナを海の藻屑にした巨弾は、海軍史上で飛びぬけて最大となる六四センチ四五口径主砲弾なのである。

歴史上で世界最大の砲は、ナチス・ドイツ陸軍の八〇センチ列車砲『ドーラ／グスタフ』だ。

迫撃砲を除く、いわゆる『大砲』で最大なのは、帝政ロシアで作られた砲口径八九センチのツァーリ・ブーシュカ砲となっている。

しかし、これは前近代的な砲であり、射撃したら砲身炸裂を起こすと言われていた通り、実際には象徴的な代物だったようだ。

それらに比べると八島の砲口径は小さいものの、戦艦主砲としては常識を外れるほどの巨大さであり、それを三連装四基、合計で一二門も搭載していることから、総合的な戦闘力は史上最大と言って良いだろう。

「あのバケモノ相手に、どう戦えというのだ……」

たとえ鋼鉄より脆いコンクリート製であっても、あれだけの巨艦を、何発かの命中弾で屠ることは出来そうにない。

四〇センチ砲弾であれば、おそらく最低でも数十発を同じ場所に叩き込まねば、穴さえ開けられないはず。

ましてや撃沈ともなれば、無数の砲弾と無数の爆弾、そしてありったけの魚雷をぶち込んで、なんとか沈められるだろうか……。

フレッチャーの理性は、沈まぬ船はないと理解している。

いかなる巨艦も、浮力を失うほどの攻撃を受ければ沈む。

しかし……。

いま目の前に迫る巨大な戦艦は、どれだけの浮力を持っているのだろう。

それが判らない限り、沈める算段もできない。

だが、はっきりしていることがある。

フレッチャーは、それを声に出して言った。

「沈める前に、こっちが全滅する……」

ワシントンの排水量は三五〇〇〇トン。

敵艦の前では、まるでボートだ。

たぶん体当たりされたら、こちらは木っ端微塵になって轟沈、むこうはかすり傷で済む。


それほど質量の差による圧迫感が凄い。

「メリーランド被弾！　先ほどの巨弾ではないが、それでも四〇センチを陵駕すると思われる砲弾が一番砲塔を破壊したそうです‼」

「戦艦群の前衛を務めている重巡ポートランドに命中弾！　沈みます‼」

次々と悲報が舞い込む。

「……副砲ですら四〇センチを越えるというのか？」

信じられないといった表情で参謀長が呟く。

いまや味方戦艦群の回りには、敵砲弾が雨のように降りそそいでいる。

そのいずれもが高さ一〇〇メートルある水柱を巻き上げている。

ワシントンの主砲弾では、せいぜい八〇メートル……。

間違いなく、最低でも四〇センチ以上の砲弾だった。

「長官！　全力砲雷撃しつつ、早期かつ全速の離脱を進言します！　このままでは、とても戦闘になりません！」

戦闘参謀が泣きそうな顔で嘆願してきた。

フレッチャーに反論する気力はない。

こちらは四〇センチ主砲を持つ戦艦が四隻……いや、一隻沈んだから三隻。

その主砲砲門数は、砲撃可能な前部のみで一八門。

これに対し、敵巨艦が射撃可能な前部主砲は二基六門。副砲も前部だけで複数……実際は六基一八門。

つまり超巨大主砲ぶんが、まるまる負けている……。

いや、副砲ですら四六センチなのだから、まったく相手にならない。

「進言を聞き入れる。全艦斜行陣のまま、敵戦艦に対し距離を開けつつ、全力片舷射撃を開始せよ。そのまま逃げきる‼」

言うだけなら簡単だ。

だが、行なうのは難しい。

それは命じたフレッチャー自身が、もっとも感じていた。

第一章　国家盛衰の決断

一

一九四二年　世界

ハルノート……。

それは合衆国政府が日本に突きつけた、事実上の最後通牒だった。

日本の外交努力をすべて無視した、到底受け入れられない内容の公式文書である。

追いつめられた日本は、死中に活を求めるため対米戦争を決意する……。

誰もがそう思えるほどの内容だったが、日本はさらに一年の歳月を耐え抜いた。

これはルーズベルトにとって予想外のことだった。

彼は密かに、日本からの宣戦布告を期待していたのだ。

日本は去年、南方資源を確保するため、イギリスとフランス／オランダに対し宣戦布告を行なった。

日本流に言えば大東亜戦争、連合国だと東南アジア植民地戦争の勃発である。

三国とも連合国の一員だ。

当然、連合国の盟主たる合衆国に対しても、遠からず宣戦布告してくると誰もが身構えた。

だが……。

日本は東南アジアへ侵攻する一方で、合衆国に対しては徹底した対話路線を堅持し続けたのである。

むろんハルノートに記された内容に従わなかったため、日本に対する鉄材や石油の輸出は全面ストップした。

これが長引けば、日本は耐えられない。

たとえ南方資源を手に入れても、肝心の合衆国には国力が及ばない。となると日米の格差は広がる一方であり、いずれ遠くない未来に日米間で戦争が勃発したら、日本は確実に敗北する……そう世界は判断していた。

合衆国政府は今のところ、市民の強い圧力により避戦の態度を崩していない。

だが、『日本がケンカを売ってきたら受けて立つ』とルーズベルトも公言している。西部開拓史という無法を力で制した過去を持つ合衆国は、先に射たれてまで我慢するといった精神構造は持っていない。

だから日本の対話要求をひたすら蹴り、日本による宣戦布告を待ったのだ。

そして今年……一九四二年の二月一六日。

それまで英蘭海軍との小規模な戦闘に終始していた日本海軍がついに動いた。

仏領インドシナは、複雑な経緯を辿った末に、ほとんど戦闘することなく日本の支配地となっている。そのため、この動きは英蘭仏との開戦以降、最初の本格的なものとなった。

日本海軍はマレー沖において、英国海軍の戦艦プリンス・オブ・ウェールズとレパルスを撃沈するという快挙を成し遂げたのだ。

しかも戦ったのは、日本の艦隊ではない。

仏印にある海軍陸上航空隊基地の一式陸攻と九六式陸攻を使い、当時の軍事常識を途方もなく逸脱した『海上航空攻撃』を実施しての戦果だった。

さらには四月二〇日、セイロン沖において艦隊同士の海戦が勃発した。

ついに日本の南遣艦隊と英国の東洋艦隊が正面から激突したのだ。

日本海軍は、先んじて南遣艦隊をインド洋へと派遣していた。

インドを本拠地とする英東洋艦隊と雌雄を決するため、戦艦『長門／陸奥／伊勢(いせ)／日向(ひゅうが)』、空母『赤城(あかぎ)／加賀(かが)／扶桑／山城』を中核とする大艦隊を送りこんだのである（空母四隻は、いずれも戦艦改装型の正規空母）。

結果は……。

日本側の圧倒的勝利！

だが、これは華麗な戦艦同士の砲撃戦による結果ではない。

大艦巨砲主義をつらぬく連合国をあざ笑うように、ここでも水上艦同士の艦隊決戦は起こらなかったのだ。

最初に戦果を上げたのは、南遣艦隊所属の南雲(なぐも)忠一(ちゅういち)中将率いる第一空母艦隊だった。

艦隊決戦を挑むつもりで出撃してきた英東洋艦隊に対し、南遣艦隊は徹底したアウトレンジ戦法――空母航空隊による航空攻撃を実施した。

第一次／第二次航空攻撃により、戦艦ウォースパイト／ラミリーズ／リベンジ、空母インドミタブル／フォーミタブル／ハーミスを撃沈している。

まさに大快挙である。

長門と陸奥そして伊勢と日向を主軸とする打撃部隊は、夜になるのを待たずに前進し、午後七時、航空攻撃で傷ついた英東洋艦隊に襲いかかった。

それは長い一夜だった。

逃げようとする東洋艦隊を日本の打撃部隊は執拗に追いかけた。

繰り返し、猛烈な砲雷撃を浴びせかけた。

そして二一日の朝になった。

この時点で洋上に残っていたのは戦艦ロイヤルソブリン、重巡ロンドン／キャンベラ、軽巡エメラルド、駆逐艦六隻のみだった。

南遣艦隊の被害は、果敢に突入した戦艦日向が中破、突出して的になった重巡鈴谷が沈没、敵駆逐艦の雷撃を受けて駆逐艦夕潮が沈没した。

日本側も無傷とはいかなかったが、相対的に見れば大勝利……。

東洋艦隊が半壊以上の被害を受け、実質的にインド洋の制海権を日本に譲り渡したのだ。

この事実を知ったチャーチルは、『日本との戦争に踏みきったことを心底後悔した』と伝えられている。

英国をインドの本土内に封じ込めた日本は、次の目標として合衆国に戦いを挑む……。

避戦派が主流の合衆国市民も、この認識だけは一致していた。

だが日本は、頑として宣戦布告してこない。

誰もがいぶかしがっている最中。

日本は、それまで絶対に東京湾から出さなかった『あるモノ』を、ついにマリアナ沖へと移動させたのである。

日本は合衆国との戦争を覚悟し、虎の子の『浮き砲台』をマリアナ方面へ動かした……。

米太平洋艦隊司令部も、この情報に浮き足立った。

だが……。

その浮き砲台は、なんとマリアナ諸島を素通りし、まっしぐらにミッドウェイ島をめざしはじめたのである。

時は一九四二年五月一〇日。

場所はミッドウェイ島南西二五〇キロ。

まだ日米は戦争状態にない。

当然ながら、公海に日本の艦隊がいても、国際法に基づき、それが攻撃を仕掛けてこないかぎり自由な航行が許されている。

そう……。

巨大な浮き砲台と目される代物――超巨大戦艦『八島』と二個水雷戦隊／二個駆逐戦隊による艦隊は、当然の権利とでも言いたげに、いつでもミッドウェイ島を攻撃できる地点に居座ったのである（この時点においても連合軍は、八島を『浮き砲台』と信じていた）。

だが……。

八島部隊の後方二八〇キロには、別の艦隊――一個水上打撃部隊（補給用の輸送船団を含む）と二個空母機動部隊が、まるで八島部隊を支援するかのように待機している。

ここまであからさまな挑発だと、自分たちが有利と信じている連合国軍もいきり立つ。

日本としては砲艦外交を試みるつもりかもしれないが、日本を有色人種の三流国家と蔑む合衆国からすれば、まさに笑止千万、蟷螂の斧を振りかざす愚か者に見える。

ミッドウェイ沖に、日本の艦隊が居座ること約一ヵ月。

この期間、合衆国国内において世論が徐々に沸騰しはじめた。

機は熟した。

そうルーズベルト大統領は考え、ついに行動に出た。

合衆国市民に対し、参戦気運を高める一世一代のラジオ演説をぶったのである。

それが六月二二日のことだ。

『日本は姑息にも、極東アジアにおける覇権を固持するため、中国および満州を解放すべしとするわが国のハルノート通達を無視し、ハワイを脅かす位置――ミッドウェイ島沖に、超巨大な浮き砲台を送りこんできた。

これは我が国に対する露骨な脅迫だ。誰もが知っている通り、我が国は独立克己の精神を国是としている。ゆえに合衆国は脅迫には屈しない。脅しに対しては屈伏ではなく、アメリカン・スピリットに基づき正義の鉄槌をふるう。

これは西部開拓史時代からの誇るべき伝統であり、いつの世にも正しい選択だ。合衆国市民の諸君、私はこれまで徹底して避戦を貫き、戦争の渦中にある連合国内において、軍事支援のみの協力を行なってきた。

だが、それも限界だ。日本はナチスドイツを有利にするため、太平洋において英蘭仏の植民地を蹂躙し、合衆国の純然たる領土であるグアムを脅かし、今またミッドウェイ島とハワイ諸島に迫っている。

このような世界の秩序と平和を乱す行為を、我々は許してはならない。かつて英国政府は、ナチスドイツの侵略に対し宥和的な態度で接した。その結果はヨーロッパの蹂躙という最悪のかたちで具現化した。そうだ！　侵略者に対して優しい態度で接してはならない。

正義は我々にある。露骨に脅された以上、合衆国は毅然とした態度で反撃しなければならない。ここに私は合衆国大統領として、日本の暴挙を諌めるための懲罰戦争を開始する。

本日正午をもって、アメリカ合衆国は日本国に対し宣戦を布告する！　これをもって連合国すべてが、枢軸同盟諸国との戦争に突入する。すなわち第二次世界大戦の勃発である‼』

これまでのルーズベルトとは思えないほどの、怒りに満ちた宣言だった。

超巨大な浮き砲台など、所詮は持たざる国の張り子の虎だ。

たった一隻で何ができる……。

巧みな合衆国情報部の誘導により、合衆国市民は、急速に日本を軽んじる思考に染まりはじめた。それが最終的には避戦派を黙らせることになったのである。

そして運命の六月二五日。

ハワイを出撃した合衆国海軍の二個任務部隊が、目の前の脅威を排除するため戦闘行動に出た。

ついに日米艦隊は、ミッドウェイ島南西二五〇キロ地点において激突したのだった。

＊

「何度も言うようだが、なにも乗艦しなくても……」

戦艦八島の巨大すぎる昼戦艦橋。

言葉を発したのは、羅針儀の横に立っている山本五十六連合艦隊司令長官である。

時は、合衆国艦隊との海戦が終了した二六日の朝。

後方にいる第一／第二空母艦隊が、まだ朝の航空攻撃を仕掛けている最中の頃だ。

が、しかし……。

すでに敵艦隊は砲撃戦と航空攻撃によって半減し、生き残った艦もほとんどが被弾している。

あとは夕刻になって行なわれる第二次航空攻撃と、夜間になっての支援隊による急襲夜戦で全滅させる予定になっている。

一艦なりとも無事な姿ではハワイへ戻さない。

これが今回の作戦の基本方針なのだ。

それにしても、八島の艦橋は高い位置にある。

艦底部から前部檣楼トップまで九六メートル。

喫水線以下（二〇メートル）は海に隠れているた

め、実際の高さは七六メートルになる。

見上げるほど高い檣楼の基部から三分の二付近、そこに昼戦艦橋がある。

檣楼および艦橋の基本設計は、いま山本が声をかけた江崎岩吉艦政本部第四部計画主任（海軍造船少将）によるものだ。

とはいえ、戦艦八島の基本設計は、先任で急死した藤本喜久雄海軍造船少将が手掛けた『丸四計画艦（八島型建艦計画）』に基づいている。

その頃……。

山本五十六の手によって左遷させられ予備役となっていた平賀譲が、軍艦設計への復帰を狙い、『丸三計画艦（大和型建艦計画）』の復活をあれこれツテを頼って嘆願していた。

なぜなら平賀の弟子である福田啓二が、藤本の後継者として有力視されていたからだ。

福田が計画主任になれば、『丸四計画』を廃案に追いこめる。その思惑があったからこそ、平賀は予備役にもかかわらず活発に動いたのである。

しかし山本五十六は『丸四計画』を成就させるため、海軍派閥を総動員して江崎を後押しした。

結果は江崎の就任……。

これにより、予備役ながら海軍技術研究所造船研究部長の職にあった平賀は、第一線への復帰を断たれることになった。

山本に呆れられた江崎は、やや申しわけなさそうな表情で答えた。

「私のわがままを通させて頂き、誠に感謝しております。たしかに造船部門の者が作戦艦隊に乗艦するのは、言語道断の前例なき暴挙だと思います。

しかし、それを承知の上で、あえて言わせてもらいます。八島の絶対防御区画内にいる限り、その者の安全は完全に保障されます。八島はいかなる事があっても沈みません。設計した当人が言うのですから間違いありません」

「おいおい。造船技師ともあろう者が、そんな非科学的なことを口にして大丈夫か？」

　山本の口調は、非難しているというより面白がっているように見える。

　対する江崎は、技師らしい生真面目な表情のまだ。

「では科学的に言い直します。八島は絶対防御区画が破られない限り、区画内の余剰浮力だけで艦全体を支えることができます。そして八島の絶対防御区画は、常識的な海戦におけるあらゆる攻撃……複合的なダメージを与えても破ることはできません」

「ううむ……頑固や奴だな。たしかに儂も、八島がなまじの攻撃では沈まぬ艦だとは思っている。よくぞここまで、被害を受けた場合の対策を盛りこんだものだと感心もしている。

　とくに儂が懸念していた魚雷による雷撃損傷だが、これを根本的に軽減し、しかも外地での停泊状況であっても完全修復できる仕様……ええと、なんと言ったかな？」

「雷撃水圧吸収ブロック構造です」

「そうそう。そのブロック構造を、バルジの最外側に三重にわたって張りつけたことにより、魚雷命中時の水中圧力をほぼ食い止めることができるという。これはコンクリートを主構造体とする発想がなければ、そもそも発案すらできなかったものだ」

「雷撃水圧吸収ブロック構造は、私の私的な友人である、九州のセメント会社に勤務する男の発案です。実物大の試作品製造も彼に頼み、それを海軍で試験してもらった上で採用に至りました」

「そうだな。日本の持つあらゆる知識と技術、そして創意工夫の精神がなければ、とても八島は完成しなかった。長い道のりだった……」

山本は、どこか遠い目になった。

なにしろ建艦に一〇年。

八島を建艦するために建造された横須賀の六号ドック、通称『八島ドック』の工事開始が一九二八年だから、その時点からだと、じつに一四年もの歳月が流れている。

ちなみに本来の六号ドックは、大和型建艦のため、現在の場所の南側に建設予定となっていた。

だが、それでは八島の建艦にはまるで容積が足りない。

そこで半島の先端部に、全長六八〇メートル／全幅一二〇メートル／海面より三〇メートル下まで掘削した、文字通り飛びぬけて世界最大のドライドックを建造したのである。

「何もかもが常識外れの代物ですから、なにかを設計するたびに上層部を説得するだけでも大変でした。とくに平賀派が再三にわたって非難していた単一巨艦ハリボテ説をくつがえすのに、大半の労力を費やしたといっても過言ではありません」

「常識的に考えれば、もはや戦艦は時代遅れだ。それでもなお、これは我が海軍だけの常識だがな。それでもなお、八島は誕生しなければならなかった。なぜなら八島が太平洋における被害担当艦となる大前提で、我々のすべての作戦が練られているからだ。

八島は常に先頭に立ち、一身に被害を受け続ける。被害を受けてなお先へ進み、敵艦隊を蹴散らしていく。そして真の主力部隊は八島の後方に隠れ、そこから敵を殲滅する機会を狙い続ける。

これなくして、圧倒的な物量を誇る合衆国海軍を壊滅させることはできない。沈めて沈めて……沈めつくしてこそ、大日本帝国の明日が見えてくる。

その間八島は、沈むことが許されていない。文字通り、日本列島の代名詞である八島を冠した艦は、日本ともども不沈でなければならんのだ！」

自分から科学的な発言をしろと言ったにも関わらず、いまの発言は科学的ではなかった。

むろん、山本にもわかっている。

もし無尽蔵に供給される爆弾と砲弾、そして魚雷を受け続ければ、たとえ八島であっても沈む。

しかし合衆国海軍の爆弾と砲弾／魚雷は、無尽蔵には湧いてこない。

作戦任務に従事する米艦隊の保有する弾薬は、物理的に有限である。そして、その弾薬を射ち出す砲や爆弾を落とす爆撃機、魚雷を投射する雷撃機や潜水艦／駆逐艦にも限りがある。

被害は必須。

ならば、被害を受けても耐え抜いた上で戦闘を終え、速やかに回復すれば良い。

そのため八島には、艦艇では常識はずれなほどの復旧能力が与えられているのだ。

「それにしても、よく合衆国海軍は戦う気になったもんですね。八島の情報は、ずっと昔から、ある程度は漏れていたはずですが……」

江崎の疑問に対し、山本は真顔にもどって答えた。

「ああ、ずっと昔……一九三二年の段階でも、情報としては漏れていた。いや、意図的に漏らしていた。一時期までは、敵のスパイも野放しだったからな。まあ、その後に一網打尽にしてやったが。

潰したスパイどもには悪いが、情報にあった八島のサイズがあまりにも馬鹿げたものだったため、合衆国海軍の上層部は、永らく日本側のプロパガンダだとまともに扱わなかった。

一〇年の永きにわたり、横須賀の超大型ドックに居座り続けたというのに、誰も戦艦だとは信じなかったのだ。

　そもそも八島ドックからして、世界各国の海軍は、軍縮条約が失効することを予見した上での、『同時多数建艦のための巨大構造物』と推測していたのだからな」

「それは我が国の諜報組織が流したカウンター情報のせいですね。人は常識外れのモノに対峙した時、なんとか自分の常識の範疇に納まる答を得ようとします。その心理的な罠を利用して、彼らが望む情報を与えたのです」

「しかし、それも一九三二年に、ドックで八島が建造されはじめるまでの話だがな」

　山本が回想しているように、それは衝撃をもって世界に伝わった。

「ええ。そこで日本は、またしても常識を利用したプロパガンダを世界に流しました。なにしろ長大なドックの三分の二ほどを使い、巨大なバスタブのようなコンクリート製の物体がつくられ始めたのですから、その理由を明確にしないと、あらゆる憶測が飛び交うことになりますから」

　江崎が笑いを含めた返答をした。

　それだけニセ情報が、まんまと世界を惑わしたことを熟知している証拠だった。

　なぜなら……。

　巨大バスタブは鉄筋コンクリート製（正確には鋼筋コンクリート製）で、おおよそ軍艦とは程遠いものだったからだ。

　この情報を受けた各国は、プロパガンダによる誘導もあり、おそらくコンクリート製の巨大な浮きドックを建設しているのだろうと推測した。

　いくら八島ドックが巨大であろうと、横須賀に一ヵ所だけでは利便性に欠ける。

　そこで、こう考えた。

　まず八島ドックで浮きドックを作り、それを神戸や呉、長崎などの主要な造船所のある港へ曳航する。

その後は各造船所に任せ、八島ドックはひたすら浮きドックの中核部分となるバスタブ構造を造っては送りだすことに専念する。

これにより、一ヵ所の造船所では長い月日がかかる建艦も、流れ作業として、同じ年月で何隻も建造することが可能になる。大量建艦方式により、一気に日本の造船能力を高められる……そう世界は、もっとも合理的な分析をしたのである（実際には大間違いだったが）。

この『大量建艦説』は、一九三五年に至るまで、まことしやかに流され続けた。

だが……。

一九三五年になってバスタブが完成した途端、日本各地にある造船所から『ブロック構造の浮体』が、続々と横須賀へと運ばれはじめた。

それは欧米列強が予測した流れとは正反対だったため、ようやく自分たちの間違いに気づいたのである。

そして、ブロック構造体が八島ドックに搬入されるや、たちまちバスタブのあちこちに接合されはじめたのだ。

最終的に、それが何者であるかが判明したのは、なんと一九三八年になってからだった。

その頃には、ソレはどこから見ても超巨大なフネにしか見えなくなっていた。

スパイたちが懸命になってサイズを探ろうとしたものの、あまりにも巨大すぎて、報告には数十メートルもの誤差が生じる始末だった。

それでも合衆国海軍は、一九三九年の春頃には、だいたいのサイズを把握するに至った。

全長六五〇メートル以上／全幅九〇メートル以上。

推定排水量は百万トン以上！

これが、この時点で合衆国が知りうるすべてだった……。

だが、この情報ですら矮小すぎた。

その超巨艦の名は『戦艦八島』という。

もっとも、連合軍がその名を知ったのは開戦後のことだが。

大日本帝国と日本海軍が、大和型戦艦三隻の建艦を破棄してまで、必要鋼材をかき集めて作った巨大戦艦である。

しかも大和型三隻の鋼材をもってしてもまったく足りないため、艦体の大部分は鉄筋コンクリートと鋼板の重層パネルで構成されている（これはバスタブ構造体とは別のもので、主に艦体の骨格構造と外殻を構成する素材）。

そもそも建艦コンセプトからして、『大和型三隻の鋼材だけで、条件付きで不沈艦となる巨大戦艦一隻を建艦する』……である。

こうして超極級戦艦『八島』は完成した。

ちなみに『超極級』とは、これまで日本海軍が計画した巨大戦艦（実際には大和型／改大和型／超大和型の構想艦）のいずれも圧倒的に凌ぐ、『これ以上の戦艦は建艦しない』という意味で、最終最後の一隻を意味している。

ゆえに、これまで使用されていた『超弩級』のように、過去の艦型を越える艦といった意味ではない。

むろん正式名称は『八島型戦艦』である。

「日本海軍は、すでに戦艦による水上決戦に見切りを付けている。これからは、空母と軽巡／駆逐艦で構成される高速空母機動部隊の時代だ。もっとも戦艦や重巡は、当面のあいだは対地攻撃用途や威嚇には使えると思うから、艦の寿命が来るまでは活用すべきだな」

山本五十六は、いま確かに時代が変革したと断言した。

さらに言葉を紡ぐ。

「とはいえ……世界にはまだ、あまたの戦艦が現存している。それらに対し、圧倒的な水上打撃能力をもつ一隻が必要と判断され、被害担当艦でありながらも絶対に沈まず、補修をすれば半永久的に再出撃が可能な超戦艦が計画された。これも時代の流れだな」

もし平賀譲が復権していたら……。

この役目は大和型に託されていたはずだ。

しかし山本の構想では、大和型では『あまりにも小さすぎる』。

もっと頑丈で射たれ強く、莫大な浮力をもった巨艦が必要だ。

そう……。

欧米列強により、事あるごとに差別され続けた日本が、苦肉の策として産み出したのが八島なのである。

山本の言葉は、次第に独白調になってきた。

「南方とインド洋の英蘭艦隊を討ち果たし、東南アジアの植民地は、一年間で日本陸軍が、ほぼすべてを制圧した。この時点では、まだ合衆国は避戦を貫いていた。

だが実質的に、太平洋における連合軍が合衆国軍のみになった時点で、対ドイツ戦において追い詰められている連合各国から、合衆国による対日参戦の猛烈な要求が巻きおこるのは当然の結果だった。

すべての連合国、とくに英国のチャーチル首相の強い圧力に負けたルーズベルト大統領は、次第に日本に対し宣戦布告を行なう方向へと動きはじめた。我慢大会に勝ったのは日本だったのだ。

大日本帝国は、まず南方方面の守りとして、シンガポールに滞在していた南遣艦隊を東インド諸島のスラバヤへ移動させ、南太平洋における合衆国海軍とオーストラリア軍に対する牽制とした。

そして五月二二日。横須賀に張りついていた八島が、ついに出撃した。この情報は、意図的に日本側が漏らした。八島の存在は、つねに意識してもらわねば困るからな。

だがそれと同時に、八島の出撃はサイパン防衛のためというニセ情報も流した。じわじわと合衆国政府に圧力をかけるには、逐一情報を与えねばならん。

サイパン沖で待つこと半月。それでも合衆国が動かないため、我々はミッドウェイ島南西沖にまで出ることにした。

ここまで出ると、合衆国は我慢の限界を越える。ルーズベルトの勇ましい声明と一緒に、日本に対し宣戦を布告してきた。その時点で、我々はミッドウェイ沖での準備をすべて終えていた。そして戦争が始まった……」

ここまで山本五十六が喋った時、航空参謀が報告にやってきた。

「南雲部隊、小沢部隊による第一次航空攻撃が終了しました。確認できた敵被害は、戦艦二隻撃沈、重巡三隻撃沈、駆逐艦四隻撃沈となっております」

「少ないな」

山本は不満そうな声を出した。

正規空母八隻による半数出撃。

その戦果としては満足できないらしい。

「航空隊の出撃直前になって、敵艦隊の後方三六〇キロに、正規空母三隻を含む空母機動艦隊を発見したそうです。現在、南雲機動部隊の航空攻撃隊が、目標を変えた上で向かっています。なので今申し上げた戦果は、小沢機動部隊単独での戦果となります」

　小沢治三郎中将率いる第二空母艦隊には、正規空母『翔鶴／瑞鶴／蒼龍／飛龍』が所属している。

　さすがに第一空母部隊にいる正規空母『赤城／加賀／扶桑／山城』に比べると搭載機数が少ない。しかし、それでもなお半数出撃で一四七機となり、満身創痍の敵艦隊に対しては充分な被害を与えられると判断したのだろう。

「ううむ……こうなると南雲さんの戦果次第になるな。よし、第二空母艦隊には、夕刻の敵戦艦部隊に対する第二次攻撃を予定し、出撃準備を進めるよう命じる。もちろん、南雲さんが敵空母を打ち漏らしたら、第一空母部隊も敵空母部隊に対し第二次航空攻撃を実施させる。

　敵空母部隊は、昨日の夕刻と今日の早朝に、八島に対して航空攻撃を仕掛けている。しかし八島は微動だにしないから、今頃は第三次攻撃を実施するかどうか迷っているだろうな。その隙を南雲さんが突いてくれるはずだから、ともかく第一報を待とう。

　なお八島はこのまま、ミッドウェイ島砲撃のために移動を続ける。したがって、夕刻の航空攻撃で敵水上打撃部隊を殲滅できなかった場合、その後は支援隊の出番となる。

　支援隊の戦艦は金剛型二隻のみだが、夜戦になれば速い足がモノを言う。しかも相手は、ほとんど死にかけの艦隊だ。金剛と榛名はトドメを刺す役目に終始し、主力は二個駆逐戦隊と二個水雷戦隊の突入雷撃で大丈夫だろう」

「敵空母部隊を討ち漏らした場合、夜間に逃走される恐れがありますが……」

　黙って聞いていた航空参謀が、自分の領分についてのみ質問した。

「空母は逃がさん。何がなんでも全艦沈める。もし夕刻の攻撃で沈められなければ、南雲さんと小沢さんの部隊を前進させて、明日の朝一番の航空出撃を実施する。そこで完全に息の根を止める。それでも打ち漏らしたら……その時は仕方ない」

何事も絶対はない。

どれだけ完璧に作戦を実施しても、打ち漏らしは必ず出てくる。

それが空母だった場合、今後に支障を来す。

だから山本は、執拗なまでに空母を潰すプランを練ったのだ。

だが、それも限度がある。

ともかく今回の作戦は、八島の巨大さと強さを、米太平洋艦隊の心髄まで叩き込むことにある。

ミッドウェイ島が取られれば、次はハワイ。

その恐怖を、現実のものとして体感してもらわねばならない。

それが達成されて初めて、日本は合衆国に対し有利に動けるようになるのだ。

「長官。ミッドウェイ島に到着したら、早々に被害部分の修復に取りかかりたいのですが……具体的にはまず、先日に受けた敵潜水艦による雷撃被害と、二度の航空攻撃で受けた雷撃被害を早急に修理する必要があります」

ＧＦ参謀部との会話に割って入る形になった江崎岩吉が、遠慮がちな態度で進言した。

「バルジ外側のブロック交換には、完全停止が必要と聞いているが……それだと最低でも、ミッドウェイ島の地上部隊を砲撃で黙らせた後になるな。砲撃開始予定は今夜だから、明日以降になるが大丈夫か？」

「それで結構です。八島に乗艦している補修部隊は、コンクリート重層パネル修復中隊が二個、雷撃水圧吸収ブロック修復中隊が二個、汎用補修中隊が二個、予備修復小隊が四個となっています。総勢一六〇〇名と二個大隊規模ですので、彼らが奮闘してくれるのを願っています」

八島の乗員は、総数九八六二名。

大和型の予定数が二六〇〇名だったから、約三・八倍の計算になる。

排水量だと二〇倍だから、相対的には少ないかもしれない……が、それでも段違いの人数だ。

その中に一六〇〇名の補修部隊がいる。

少なからずの人数だが、彼らは絶対に必要な者たちだ。

彼らが実現する驚異的なダメージコントロールこそが、じつは八島最大の武器なのである。

「支援隊の高須四郎(たかすしろう)長官から、艦隊出撃の許可申請が出ております」

通信参謀がやってきて、宇垣纏(うがきまとめ)GF参謀長に受け渡す。

宇垣は復唱するかたちで、山本に許可伺いを出した。

「許可する。敵の水上打撃部隊は、損傷のせいで鈍速となっている。いまからの追撃でも、充分に夜戦に間に合うはずだ。あとの采配は高須さんに任せる。存分に叩いてくれと伝えてくれ」

「承知しました！」

山本は宇垣を通さず、直接に命令を通信参謀へ伝えた。

いつものことなので、宇垣も顔をしかめるようなことはない。

「さて、あとは待つだけか」

南雲部隊による敵空母部隊への航空攻撃の結果がわかるまで、さしあたってすることがない。

山本はふたたび江崎岩吉を見た。

「貴官はミッドウェイにおいて八島の補修状況を確認したら、飛行艇に乗ってサイパンへ戻る手筈なんだよな？　その後は海軍の輸送機で本土へ帰り、ただちに仕事の続きに取りかかると聞いているが?」

八島は完成したが、江崎の仕事がそれで終わったわけではない。

海軍の建艦計画を一手に引きうける艦政本部第四部計画主任なのだから、いま官民のドックや船台で造られているすべての艦艇について、総合的な管理監督を行なう立場なのだ。

しかも第四部は海軍内でも花形部門に躍り出ている。

そのため仕事の内容も建艦計画だけでなく、研究開発から艤装に至るまで、ともかく艦が計画されてから完成するまでのすべてに手を出している始末なのだ。

「できれば、ここに残りたいのですが……そうも行きません。他の建艦計画のうち、八島で培った(つちか)コンクリート技術を採用するものも多いので、それらの技術支援のためあちこち飛び回らなければならないのです。

さらに言えば、八島についても、すでに第一次改装計画の話が持ち上がっています。これは待ったなしの事案ですので、最優先で進行させるつもりです」

「ああ、そうしてくれると嬉しい。まあ、何が出来てくるのか、皆目見当もつかんが……」

「それでは、私は補修部隊の所に戻ります。ともかく準備万端整えさせておかないと、いざ補修開始となって手間どることになりますので。では失礼します」

なんと江崎は、敬礼ではなく一礼すると去って言った。

これは研究開発部門の長だから許されることだが、いささか常識がないとも言える。

「下手に軍人風を吹かせられるより、よほどいい」

江崎がいなくなり、何か言いたげな宇垣参謀長が残った。

　その宇垣に、苦笑いしつつ声をかけた。

「各空母機動艦隊からの第一報が入るまで、いま暫くお待ちください」

　山本の冗談を無視し、宇垣はいつものように業務を進めていく。

「ああ、わかった」

　山本はあれこれ考えつつも、待機する態勢にはいった。

二

五月二六日　ミッドウェイ近海

　昨夕の敵水上打撃部隊に対する第二次航空攻撃。

　これに加えて敵空母部隊に対する第一次航空攻撃。

　そして夜一〇時一五分に開始された、高須艦隊による敵水上打撃部隊に対する掃討戦……。

　それらすべてが終了し、二六日の太陽が昇ろうとしている。

　朝日に照らされた合衆国任務部隊……。

　その姿は、連合軍の誰もが信じられないと叫ぶほどの惨状をあらわにしていた。

　第４任務部隊の被害は、戦艦四隻すべて撃沈。

　重巡は、ビンセンスが中破で生き残ったものの三隻が撃沈、残るノーザンプトンも大破漂流中。

　一〇隻いた駆逐艦も、支援隊の重巡が集中砲撃を実施したせいで三隻が撃沈され、残りも被害を受けていない艦はない。

　旗艦ワシントンが沈んだため、フレッチャーは重巡ビンセンスに移乗して、引き続き指揮を取っている。だがその頃には、すでに艦隊としての機能を喪失していた。

第4任務部隊の惨状に比べれば、まだ第5任務部隊の被害は少ないと言える。

　それでも空母ホーネットとヨークタウンを沈められ、エンタープライズも飛行甲板に一発の徹甲爆弾を食らって発艦不能に追いやられている。

　山本は空母一隻を討ち漏らしたものの、実質的に太平洋における米海軍の空母戦力は、ハワイで留守番をしている護衛空母二隻を除くと壊滅させたことになる。

　そしてこの状況は、八島を先へ進める原動力となるはずだ。

　今回の一連の戦闘は、『北太平洋作戦』に基づいて行なわれている。

　この作戦は複数の作戦を束ねた大作戦の形になっており、その中核となるのが戦艦八島である。

　つまり八島の戦闘能力と航行能力がともに健在である限り、北太平洋作戦も継続されるのだ。

　その第一段階であるミッドウェイ島攻略作戦が、本日二六日の朝から始まっている。

　高須四郎率いる支援隊には、海軍陸戦隊三二〇〇名を乗せた輸送部隊が随伴している。

　このうちの第一陣となる二個大隊一六〇〇名が、夜明けと同時にミッドウェイ島へ強襲上陸を実施した。

　近海ではまだ、敵の任務部隊との戦闘が続いている。

　それを承知の上で、ミッドウェイ島の南岸から二キロまで八島を接近させ、八島の舷側にある二〇センチ連装砲と一二センチ連装両用砲を使って上陸支援を行なった。

　すでに敵艦隊は眼中にない……。

　偵察のためハワイからやってきたカタリナ飛行艇の乗員は、あまりに圧倒的な八島の威容に度肝を抜かれつつも、自分たちが見たままをハワイへ打電した。

ただし八島は、勝ち戦に酔っているわけではなかった。

敵任務部隊が突入してきた時を想定して、六四センチ三連装主砲四基一二門と、四六センチ三連装副砲一二基三二門は、いまも遥か沖に狙いを定めている。

主砲と副砲を敵艦隊のために温存してもなお、対地砲撃用の砲として二〇センチ五〇口径連装砲を三六基七二門、一二センチ四五口径連装両用砲を六二基一二四門を保有しているからこそ出来る芸当なのだ（ただし片舷射撃しかできないため、実際には半数の砲で攻撃することになる）。

二〇センチ連装砲三六基は、重巡八隻強ぶんに相当する。

一二センチ連装砲六二基は、重装駆逐艦一五隻強ぶんだ。


それらをたった一隻で満たしているからこそ、八島は駆逐部隊と水雷部隊以外の随伴艦を必要としないのである。

八島がすべての盾となる。

この言葉に嘘はない。

事実、八島の左舷前部と中央部／右舷後部バルジには、総数四箇所のブロック脱落箇所ができている。

舷側バルジ最外部にある三層の雷撃水圧吸収ブロックは、三メートル×三メートル、高さは一・五メートルの四角いブロック枠組み構造をしている。そして最外層にあるブロックの外側にだけ、舷側鋼板として三〇ミリ鋼板が張りつけられている。

雷撃水圧吸収ブロック構造とは、次の順番で発動される。

1、敵の魚雷が命中し最外層の舷側鋼板部で炸裂、強烈な水中圧力が発生する。

2、発生した圧力により三〇ミリ鋼板が破られ、ブロック内部へ水圧が浸透する。

3、鋼板の下には、二・五メートル×二・五メートル、厚さ四〇センチの鋼筋コンクリート稼動板が設置されていて、これに水圧がかかると、海水に満たされた内部空洞を対側方向へと移動していく。

4、海水は空気と違い収縮しないので、圧が加わった海水は逃場を求めてあらゆる方向へ分散していく。

5、稼動コンクリ板が対側まで到達すると、そこで二〇センチ四方の支柱構造になっているブロック枠がへし折れ、コンクリ板も破壊される、このブロック全体の崩壊により、最後の衝撃吸収役を担うことになる。

6、分散された水圧は、最終的には喫水下の舷側各所に設けられた水圧放出孔、および喫水より上に開けられた複数の排水孔から吹き出すことで最終的な水圧解消を担う。

7、以上の行程で水圧を消滅できない場合、次の層となる二層めのブロック、それも破壊されたら三層めと破壊が波及していく。次々に破壊が進むことにより、最終的にはバルジ外壁にかかる魚雷の爆発圧力のすべてを吸収する。

設計時の構造計算とブロック体による破壊試験の結果によれば、三層のブロック構造体のみで、二トン相当の魚雷爆発に耐えられるとなっている。

今回の被害も、潜水艦による長魚雷では二層まで、五〇〇キロ航空魚雷では一層のみの破壊に留まっているとの報告が上がっている。

問題は補修方法だが、さすがに艦が完全停止していないと行なえない。
その行程は次の通りだ。

1、第一上甲板にある搬送ゲートから、補修用ブロックを搬送レール上にある荷台に固定した上で運び出す。

2、搬送レールは途中で斜路となっていて、ブロックは中甲板を通過しバルジ上部へと運ばれる。

3、バルジ上部にはブロック降下用の5トンクレーンがあり、そこから喫水下にあるブロック脱落箇所へ補修用ブロックが降ろされる。

4、破損箇所にはバルジ上部から降ろされた潜水隊員が待機していて、すでに破損部位の残存瓦礫を除去している。その上で、降りてきたブロックを破損箇所にはめ込み、四箇所をボルトで固定して補修を完了する（最外層のブロックには、あらかじめ艦内作業所で舷側鋼板が溶接されている）。

ちなみに潜水夫は、バルジ上部にある空気供給装置と空気ホースによって呼吸しているため、常時吊り下げられた状態となり、なかなか過酷な作業である。

それでも海中での作業のため、多少の波の荒さなら無視して補修できる。

むろん八島は、作業中はまったく動けない。しっかり投錨できる浅い海に停泊しての作業であり、急な敵襲がない大前提での作業となる。

それを山本は、最初の補修というのに、敵襲の可能性がある時点でやらせたのだ。

設計と建艦の責任者である江崎岩吉が、まだ補修は早いと懸命に阻止したのは言うまでもない。

これらの作業ほど大変ではないが、艦体上面――

—第一～第三上甲板と中甲板の被害の補修も同時に行なわれている。

こちらは停止する必要はないが、破損箇所は多い。

砲雷撃戦の前に行なわれた敵空母航空隊による攻撃では、各上甲板に合計六発、中甲板に二発、主砲塔上面に二発の五〇〇ポンド（約二二五〇キロ）爆弾を食らった。

それらの爆弾により、多数の鋼筋コンクリート重層パネルが破壊された。

むろんこの破壊は、破壊されることで爆発の衝撃を吸収するためのものだ。

重層パネルには二種類あって、ひとつは上甲板に使用されている厚さ一五ミリの鋼板と厚さ一二センチの鋼筋コンクリート製平板（乙種防護板）、もうひとつは中甲板および艦橋周囲に張られている厚さ三〇ミリ鋼板と厚さ二〇センチ鋼筋コンクリート製平板（甲種防護板）である。

乙種のほうは、上甲板を構造的に支える二メートル厚の強化コンクリート製天井の上に、必要に応じて五枚から二〇枚、それぞれ五センチの間隙を開けた上で重ねられている。乙種のほうも、三メートル厚の天井の上に、同じように張られている。

この重層板に徹甲爆弾が命中すると、最上層の板は瞬時に破壊される。

それと同時に、張られている鋼板が大きくたわんで変形し、徹甲爆弾が貫通する前に起爆する条件を整える。

つまり徹甲爆弾であっても最上層部で強制的に起爆させせられるわけだ。

これにより、内部へのダメージ浸潤を阻止する設計になっている。

徹甲爆弾が爆発すると、次々に防護板は破壊されていく。

同時に各防護板のあいだの間隙が爆発圧力を横に逃がす。

設計時の計算および試作試験では、乙種防護板は一〇枚重ねで五〇〇キロ徹甲爆弾の威力をほぼ相殺するとなっている（戦艦主砲だと四〇センチ中距離射撃弾に相当する）。

甲種防護板は、すぐ下に三〇センチ中甲板装甲があるため、さらに強固に防御する。

絶対防護区画の上面は、最低でも甲種防護板が一五枚重ねられている。

その上で、中甲板天井となる三メートル厚の強化コンクリート壁があるため、最悪、すべての防護板が破壊されても、この天井で食い止めることが可能だ。

なぜ最終防衛線が三メートルになったのか？

これは逸話が残っている。

かつて山本五十六がスイス大使館の駐在武官としてドイツへ赴いた時、いくつかの巨大建造物を見学する機会があった。

とくに山本が注目したのが、ドイツ側の説明では三トン徹甲爆弾にも耐えられるという三メートル厚の鉄筋コンクリート製天井だった。

これは極秘に該当する重要情報であり、おそらく説明した基地司令官が、うっかり口を滑らしたのだと思われる。

だが、この一言があったおかげで、八島の防御設計の重大なヒントになったのだ。

八島の中甲板は、甲種防護板と三メートル鋼筋コンクリート天井、そして三〇センチ中甲板装甲、そして最終防衛線となる絶対防御区画鋼筋コンクリート内壁（厚さ五メートル）となっている。

これらすべてを貫通するには、単発では四トン徹甲爆弾以上、もしくは六四センチ四五口径砲の徹甲弾（近距離大射角射撃）が必要となっている。

そのようなものは八島の主砲を除くと存在しないため、この案件は意味のないものだ。

では具体的にはどうだろう。

甲種防護板一五枚重層は、五〇〇キロ徹甲爆弾もしくは四〇センチ主砲徹甲弾を、三メートル四方の狭い範囲に一〇発以上命中させないとすべて破壊できない。

その下にある三メートル天井は、ドイツ軍の説明通り、五〇〇キロ徹甲爆弾一五発の命中までは耐えられる。

次の三〇センチ装甲板は長門クラスの舷側装甲板と同じサイズで、それほど強固なものではない。

しかし三メートル厚天井と五メートル厚の鋼筋コンクリート壁に挟まれているため、総合的な抗堪能力は、装甲板単体換算では二〇〇センチ厚相当になるとの試算がある。したがって、これで充分だと判断したのである。

これらの超重装甲が可能なのは、八島が膨大な浮力を有するコンクリート筐体艦だからだ。

そして異常なほどの排水量と重量をもつ艦を動かすための、一七〇万馬力に達する出力を産み出す、一軸あたり四基の缶室（総数三二基）、そして八基の巨大なギヤードタービン。

さらには低速域をカバーしつつ高効率な燃費を確保する、二基二軸のダクトスクリューも忘れてはならない（通常型の推進装置は、三基三軸を一組とする独立制御スクリュー、総数六本）。

それでも最大速度が二六ノットしか出せないのは、それがほぼ技術力の限界だったからだ。

まさに八島は、日本人が血の涙を流して作りあげた国力の集合体なのである。

＊

同日、午前九時過ぎ。

海戦の確報が、ようやく真珠湾にある合衆国海軍太平洋艦隊司令部へ届いた。

「スプルーアンスは、なぜ敵の空母部隊を攻撃しなかったんだ？」

司令部長官室で、長官席に座るチェスター・W・ニミッツ大将に詰めよっているのは、留守役となっていたウイリアム・F・ハルゼー中将だ。

「総合的な判断で、敵の巨大浮き砲台……いや、超巨大戦艦と判明したな。これを最優先に攻撃するよう、出撃時に命じてあった。だから彼は、私の命令に従っただけだ」

ニミッツの後悔に満ちた声音。

それから察するに、命令が完全に誤っていたことを承知しているようだ。

「敵空母を潰すには空母航空隊しかない。前にあれほど口を酸っぱくして忠告したのに……」

ハルゼーは、自称『空母使い』だ。

その彼が開戦前に、ニミッツの前任だったキンメル大将へ進言していた。

それを、長官職を引きついだニミッツは、なぜ信用してくれなかったのか……そう愚痴を言いにきたらしい。

「キンメル大将は、ミッドウェイとハワイを危険に晒したとして、事実上の更迭となった。そのため私は、ろくに受け渡しもないまま長官職につかねばならなかった。君の言った事とやらも、私は聞いていない」

「くそっ！」

長官室に相応しくない、酷いスラングを口にしたハルゼー。

それでも諦めきれないらしく言葉を続ける。

「過ぎてしまったことは仕方がない。だが敵は、いまもミッドウェイにいる。確報によると敵空母は無傷とのことだから、報告を信じれば、日本の艦隊には八隻の正規空母が健在ということだ。

それに対し、こちらは被害を受けて補修しなければならない正規空母一隻と、あとは護衛空母二隻しかない。

これでは敵が、ミッドウェイをベースにしてハワイへ攻めてきた場合、とても防ぎきれない。何度も言うようだが、戦艦や重巡で空母は止められないんだ。それどころか、間違いなく返り討ちにあう。

だから……長官。腹を括（くく）ってくれ。すぐさまキング部長に打電して、東海岸とサンフランシスコにいる空母を、根こそぎハワイへ移動させるよう嘆願してくれ。そうじゃないと、あと数ヵ月のうちに、ハワイへ敵の上陸部隊がやってくるぞ！」

ハルゼーは焦っている。

まったく出番がないうちに、米太平洋艦隊の負け戦が確定しそうになっているからだ。

「いや……上層部の判断では、ミッドウェイを取った日本軍は、ミッドウェイの守りを固めた上で、ハワイを牽制しつつ、その実、南太平洋を攻める可能性が高いとなっている。

せっかく占領した東南アジアを磐石のものとするには、どうしてもオーストラリアが邪魔だ。かといって日本軍には、オーストラリアを占領する力はない。となれば次にやることは、オーストラリアを孤立させる……すなわち米豪連絡線の遮断だ」

「いや、それは理解している。しかし、それもまた憶測にすぎん。もしかすると日本は、ハワイに相当なダメージを与えて無力化した上で、悠々と南太平洋を刈り取るつもりかもしれんぞ？」

「そういう君の意見も憶測にすぎんだろう？」

ハルゼーは、議論より実行の人で通っている。

ゆえにニミッツとの議論では勝てない。

「ううむぅ……。それじゃ、当面のハワイの防衛を俺に任せてくれ。間違っても南太平洋に行けなんて命令しないでくれ。命令されたら、嫌でも行かんとならんからな。俺は空母が来るまで、ハワイの守り神になる。長官、頼んだぞ！」

すぐに新たなハワイ守備のための任務部隊を編成するよう、強引にニミッツに迫る。

いまのハルゼーには、それしかできなかった。

三

七月一五日　ミッドウェイ近海

ミッドウェイ海戦から、おおよそ二ヵ月……。

その間、八島はミッドウェイ島の南岸に居座り続けた。

そして八島を護衛するため、小沢治三郎（おざわじさぶろう）中将率いる第二空母艦隊が常駐している。他の部隊は、ひとまずサイパンを経由して日本本土へ戻った。

現在ミッドウェイには、陸軍守備隊として二個大隊一八〇〇名がいる。

そのほかに、輸送部隊によって運ばれた陸軍航空機が島に配備された。

通称『ミッドウェイ陸軍航空隊』の誕生である。

配備されているのは、制空戦闘機として隼（はやぶさ）Ⅱ型甲（キ－四三Ⅱ甲）四六機、局地戦闘機として最新鋭機の二式戦『鍾馗』二四機、敵艦隊を牽制するための爆撃機として百式重爆『呑龍』二四機／九七式重爆一二機、護衛用長距離戦闘機として最新鋭の二式双発戦闘機『屠龍』一二機（戦爆連合には隼隊も参加する）となっている。

　これだけ見ると、陸上航空隊の充実ぶりに対し基地守備隊が貧弱に見える。

　だが、実際はそうでもない。

　なぜならミッドウェイ島は、ハワイ攻略のための前進基地として整備されているからだ。そのため守備隊以外にも、予備戦闘員となる基地保全隊と補給隊／工兵隊が一〇〇〇名以上も残留している。

　彼らに万が一の事があった場合は、速やかに島を脱出する手筈が整っている。

　八島が踏ん張っているあいだに、支援隊が残していった重巡『最上』／軽巡『五十鈴』／軽空母『鳳翔／龍驤（直掩空母）』／第3水雷戦隊の駆逐艦一〇隻が、彼らを無事に退避させる予定になっている（部隊名称はミッドウェイ派遣艦隊）。

　さらには、支援隊に所属している軽空母二隻に搭載されている零戦二一型六〇機が、後方から八島とミッドウェイ島の上空支援までしてくれる（支援隊は、サイパンとミッドウェイの間の海上補給路を確保するため、輸送船団とともに動いている）。

　これらの支援機に、八島が独自に保有している零式艦戦二一型改（カタパルト射出用改造済み）二五機が加われば、たとえ陸上航空隊が全滅してしまっても、ある程度は八島と脱出部隊をカバーできるはずだ。

　そう……。

　八島は飛行甲板がないにも関わらず、零式艦戦

（改良型）を搭載している。

零戦改は、後部艦載機射出甲板の前方艦内にある、中甲板格納庫に収納されている。

そのため出番がなければ目だたない。

だが、いったん出撃すれば、空母艦上機とまったく同じ戦闘力を発揮する。

発艦は火薬式カタパルトで行なうので飛行甲板は必要ないが、問題は収容だ。

フロートを持たない零戦改は、海面に着水できない。

そのため収容は、後方で待機している軽空母『鳳翔／龍驤』が担当する。

軽空母に着艦した零戦改は、そののち航空機運搬船に移され、速やかに八島のもとへと帰ってくる。

運搬船から八島への移動は、後部射出甲板にある艦載機用クレーン八基、もしくは必要なら大クレーンを使って行なわれる。そのため作業は八島が停止していなければ困難だ。

それでも戦艦が本格的な直掩戦闘機隊を常備した意義は大きい。

全力出撃すれば、軽空母と合わせて八五機もの艦戦が上空を守ってくれるのだ。

艦戦だけで八五機という数は、ほぼ一個空母機動部隊が直掩に割ける最大数に近い。

ということは、同規模の敵空母部隊の攻撃にも耐えられる数とも言える。

これらの事を考慮に入れると、八島は駆逐／水雷戦隊を従え、後方に直掩空母部隊を置くだけで、ほぼ大規模艦隊なみの戦闘力を保持できることになる。

これこそが、山本五十六が一〇年の歳月をかけて産み出した、日本海軍独自の『前進防御ドクトリン』であった。

＊

「ハワイの様子はどうだ？」

ここは八島の艦内にある中央大会議室。

いまは連合艦隊司令部による作戦会議が開かれている。

冒頭、声を発したのは山本五十六だ。

「真珠湾に引きこもっている敵戦艦群は、あい変わらず動く気配が見えません。一隻だけ生き残った正規空母はドック入り、軽空母二隻は軽巡と駆逐艦を伴ってハワイ諸島周辺を警戒中……となっていますが、実際には、我々による真珠湾攻撃を懸念して洋上退避しているのだと思われます」

宇垣纏参謀長が、手に持った参謀部作成のファイルを見ながら報告した。

「敵戦艦群は、八島がハワイ方面へ出撃しない限り、まず出てこないだろうな。まあ、そんなに待たせるつもりはないが……すべては南雲さんと第二次南遣艦隊の働きに掛かっている」

山本はそう言うが、南遣艦隊とミッドウェイ方面が、どう関係しているのだろう。

少なくともGF司令部会議に参加している者は理解しているようだが、知らない者には説明が必要だ。

いまシンガポールでは、日本から派遣された第二次南遣艦隊が、それまで常駐していた第一次南遣艦隊に代わり、新たな任務につこうとしている。

作戦完了となった第一次南遣艦隊は、すでに日本本土へ戻っている。現在は第一次改装中で、あと一ヵ月後には全艦が現役復帰できる予定だ。

では……第二次南遣艦隊は、どのような陣容なのだろう。

これについては、日本本土で留守番をしていた戦艦『伊勢／日向（第一次改装済み）』を中核とし、留守部隊と南遣艦隊から抜粋した重巡『妙高／鈴谷／利根／筑摩』、軽巡『鬼怒／由良』、駆逐艦八隻となっている。

これら主力部隊に第二駆逐戦隊と第二水雷戦隊が随伴する。

そして注目すべきは、いったん日本本土へもどった第一空母機動艦隊が、第二次南遣艦隊に従うかたちで、ふたたびシンガポールへ移動したことだ。

英東洋艦隊を撃破した張本人が、ふたたび南洋の海へと向かった。

その真意は……。

山本が『南雲の働きに掛かっている』と言うくらいだから、しょぼい作戦で終わるはずがない。

「あちら方面は第二次南遣艦隊に任せるとして、こちらは粛々と先へ進めませんか？」

いきなり会議の議題が、本筋とは別の東南アジア方面へ向いてしまった。

そのため宇垣が、渋面になって軌道修正する。

「あ、いや……悪かった。ところで米艦隊の空母に関する情報は、以前と変わってないか？」

山本の質問に対し、懐刀の黒島亀人長官専任参謀が挙手する。

「大本営海軍情報部が得た情報によると、ハワイに潜伏している味方諜報員の調べでは、あと一ヵ月ほどで、破損した空母エンタープライズの修理が終わるそうです。それから西海岸にいた軽空母二隻が移動してきたため、現在のハワイにおける軽空母は四隻となっております。

というか……この軽空母と呼んでいる代物、我が軍の軽空母とは違い、どちらかといえば空母運搬船と呼んだほうが適切なものなので、まともな空母機動戦は無理でしょう。いっそ呼び名を米名の直訳である護衛空母にしたほうが良いかと。

ああ、話が外れてしまいました……となると敵の空母戦力は、現在は皆無。一ヵ月後にようやく正規空母一隻となります。

これでは話になりませんので、おそらく修理が終わる頃に、東海岸から一隻の正規空母と本物の軽空母二隻程度が回航されてくると思われます。当然、これに軽……護衛空母数隻も加わるでしょうね」

黒島亀人は、情報関連の参謀ではない。

しかし連合艦隊が関わる作戦の立案に深く関与しているせいで、いろいろと極秘情報に精通している。

問題は、海軍で飛びぬけての変人のため、宇垣参謀長も扱いに困っていることだ。

「ふむ……ということは、一ヵ月以内に八島を出撃させるべきだろうな。となると支援してくれるのは第二空母艦隊だけか」

これには宇垣が答えた。

「一ヵ月後に予定されておりますハワイ攻略作戦のため、八月初旬には陸軍部隊を乗せた輸送部隊と、第一次改装を終えた長門と陸奥を中核とする攻略支援隊がやってきます。これにより、戦艦は長門と陸奥、そして八島の三隻となります。それから空母部隊ですが、こちらは第三空母艦隊も残る予定になっております」

「戦艦は八島がいれば、それで足りる。長門と陸奥には、のちの対地砲撃支援を頑張ってもらおう。それで大丈夫だ。

それから……敵の航空機運搬船を護衛空母と呼ぶ案は、本土での意志統一が為されない限りは難しい。そこで当面は、軽空母に括弧付きで護衛空母と併記するのはどうだ？」

「自分は長官付き参謀なので、その件は参謀長へ質問なさってください」

　促された山本が宇垣を見ると、宇垣は渋面のまま首を縦に振った。

　黒島亀人の意見を聞きすぎる山本には困惑しているが、内容そのものは受け入れるといったところだろうか。

　それにしても……。

　山本は、またしても八島を突撃させるつもりだ。

　相手となる米戦艦は、真珠湾にいる旧式艦を含めた八隻――テネシー／オクラホマ／カルフォルニア／ニューメキシコ／ミシシッピ／ペンシルバニア／アリゾナ／ネヴァダ。

　さすがに全艦が三五・六センチ主砲搭載艦では、まるで八島の相手にはならない。

　しかも全艦が速力二一ノット前後しか出せないため、突進するにしても退避するにしても、二六ノット出せる八島に翻弄されるはずだ。


　そこで今月中にも、最新鋭のサウスダコタ級が配備されると見ている（サウスダコタ級は二八ノット／四〇センチ主砲の戦艦。今月中だと一隻のみ実戦配備。年末までに残り三隻が完成する）。

　山本の予想では、敵戦艦の最大数は一〇隻（最大でサウスダコタ級二隻の追加と見ている）。

　二八ノット出る高速戦艦はサウスダコタ級のみだから、艦隊速度は最大でも二〇ノット出せるかどうか……。

　八島は鈍速と思われているが、それでも二六ノット出せる。

　問題は超巨大なせいで加速が鈍いことだ。

　しかし、それも大きな問題にはならない。

　ひたすら進めば、いずれハワイの真珠湾沖へ到達する。そこに居座って無双するのが八島の役目なのだ。それには、速度はあまり関係ない。

　少し考えた黒島が、ふたたび挙手した。

「考慮すべきは、ハワイにいる敵陸海軍の陸上航空隊でしょうね。こればかりは数がいますから、八島もそれなりの被害を受けるでしょう。とくに四発重爆が一トン徹甲爆弾なんかを落としてきたら、上甲板の重層コンクリート板だけでなく、機銃や高射砲もかなり吹き飛ばされる可能性が高いです」

「損害が出ても、補修すれば良いだろう？　八島の主砲と副砲以外の砲や機銃は、艦内装備庫に、交換用装備として多数保管されているはずだが？」

さすがに六四センチ主砲や四六センチ副砲、二〇センチ砲は、本格的な補修設備のある港でないと交換できない。

しかし、それ以下の両用砲や高角砲・機銃は、ある程度の数が艦内倉庫にストックされている（二〇センチ砲も砲身だけは予備がある。砲身のみの交換は洋上でも可能）。

ストックの中には、砲座や銃座など砲以外のものも含まれている。

そのため、いざとなったら砲座や銃座をまるごと搬送レールで上甲板へ出し、搬送路やクレーンを使って迅速に交換修理ができるよう設計されている。

「はい、その通りですが……失った兵員だけは補充できません。しばらくは乗艦している予備隊員で賄うにしても、そのうち本土から補充要員を送ってもらうことになるでしょう。それがうまく行かないと、その後の作戦に大きな影響が出てきます」

黒島がやけに否定的な言動をするもので、宇垣をのぞく参謀陣はヒヤヒヤした表情を浮かべている。

「それについては大本営海軍部に強く言っておく。

兵員はできるだけ消耗したくないが、戦争している以上、どうしても欠員は出てくるからな。

八島は、艦内倉庫に保管してある補修部材や予備の装備がある限り、どれだけ被害を受けても復活できる。しかし、せっかく機銃座や砲座を修理交換しても、操る者がいないのではどうしようもない」

山本が兵員の欠損に危惧していると知った黒島は、そこで口を閉じることにしたようだ。

「ともかく……我々がハワイに近づけば近づくほど、敵の抵抗も大きくなる。しかも日本海軍の手駒には限りがある。とくに今回は、今後重要になる南方関連と同時進行になるから、こちらに割ける艦はこれでぎりぎりだ。

そこで本土になんとかできんかと頼み込んだところ、側方支援部隊として二個潜水戦隊を出してくれることになった。

まあ、潜水艦の部隊だから、我々と歩調を併せることはできんが……あちらはあちらでハワイ周辺を引っ掻きまわしてくれれば、八島の作戦行動も少しは楽になると思う。

そういった意味では、忍者みたいな潜水戦隊は、殿様である八島の守り刀としては良い働きをしてくれそうだ」

最後のほうだけ、ややふざけた言い方になったのは、皆の緊張をほぐすためだろう。

なにしろ八島は、最初から最後まで、『一世一代の大勝負』の連続なのだ。

そう運命付けられているのだから、これは甘受するしかない。

いまの山本にできることは、八島に乗艦し続けることだけだ。

山本と連合艦隊司令部が八島にある限り、八島は帝国海軍の中心であり象徴でもある。

八島が健在であれば、帝国海軍も健在なのだ。

そして連合軍にとっては、時が過ぎるごとに恐怖が倍加していく悪魔的存在となる。

まさに砲艦外交である。

ただし八島は、それを戦時に行なう運命を背負っている。

それがどれだけ困難なことか……。

だが、やるしかなかった。

四

七月二〇日　日本本土

「なんとか間に合った……」

そう呟きながら、嶋田公平は、額に噴き出た汗を手拭いでぬぐった。

ついでに、安堵のため息をつく。

嶋田は、海軍技術研究所に所属する造船研究部長の職についている。

この職は、ついこの前まで平賀譲のものだった。

しかし八島の完成とともに、平賀は表むき円満退職扱いで退き、後任として江崎岩吉艦政本部第四部計画主任の派閥にいた嶋田が着任した。

これで江崎派は、ついに海軍艦艇の設計開発部門を牛耳ることに成功したのである。

当然、嶋田の着任により、造船研究部は閑職から第一線の場へと躍り出た。

嶋田自身、これまで造船指導員として横須賀の六号ドック（八島ドック）に詰めっきりの日々だったのだ。

そして今、その苦労が報われようとしている。

戦時下のため控えめな進水式だが、一応は横須賀軍楽隊の演奏付きだ。

「なにしろ突貫につぐ突貫でしたからね。しかも艦の特性もあって、通常は進水後に行なわれる艤装も同時進行でしたから、なおさら忙しかったです」

　嶋田同様に疲れ果てた顔をしている村岡秋晴(むらおかあきはる)艤装主任が、それでも無理に笑顔を繕(つくろ)いながら答える。

「八島ドックで四隻同時建艦だけでも異例中の異例なのに、艦隊へ配備されるまでのスケジュールがこれまた異常なのだから、もう二度とこんな事は御免だな」

　巨大な八島ドックの中に、ちょこんと四隻のずんぐりした艦が居座っている。

　ただし、それは目の錯覚だ。

　小さく見えるのは八島ドックが巨大すぎるからで、よく観察してみれば、一隻が長さ二〇〇メートル前後、幅も三〇メートルを越えていることがわかる。

　これは全長では妙高型重巡なみ、全幅は金剛型戦艦なみのサイズだ。

　つまり軍艦としては、かなりずんぐりした艦形である。

「伊豆(いず)型特殊工作輸送艦……か。あの戦艦八島がなかったら、こいつも生まれるはずのなかった艦だ。本来なら八島と同時に完成する計画だったものが、諸般の事情で後回しになってしまった。

　そのぶん我々にしわ寄せが来たわけだが……まさか上層部はこれに味をしめて、さらなる新型建艦計画を練ってやしないか心配だ」

　伊豆型特殊工作輸送艦。

　それは八島同様、突拍子もない発想で造られた支援用の艦だ。

　ないない尽くしの日本にとってゆいいつ建艦可能な、コンクリート主体の新型多目的輸送艦である。

打てば響くように村岡が答える。

「なにしろ八島と同じく、基本はコンクリート艦ですからね。まあ、こちらは装甲なしですから、そのぶん作るのは楽でした。とはいっても……八島ドックでやったことは、日本各地で造られた各部ブロックを組み立てるだけでしたけど。

徹底したブロック工法の採用で、艤装を含めた完成までの期間が半年……実際に期限に間に合ったわけですが、なにかひとつでも狂いがあれば台無しになるため、ずっとヒヤヒヤしっぱなしでしたよ」

「大型ブロック工法もまた、八島建艦で培われた技術だ。しかし舷側吊下式の海中筐体を使っての舷側ブロック迅速交換……たしかこれも江崎主任の発案だったよな？

まったくあの御方は、作る者の身になって考案して欲しいものだ。どこの世界に、人間が入った鋼鉄の箱を海中に沈めて、耐水機構を備えた箱の孔を使い、専用工具を外へ貫通させ、それを使ってブロック固定用のボルトを絞めるなんて……まあ耐水孔関連は、推進軸の艦体貫通と理屈は同じだから、それほど難しくはなかったが」

伊豆型工作輸送艦は、戦艦八島のサポートに特化されている。

その最たるものが、現在は潜水夫が行なっている雷撃水圧吸収ブロックの交換迅速化だ。嶋田が呆れ果てた声で言った内容が、それを物語っている。

「奇抜というなら、艦尾格納庫から出す外洋搬送艇もそうですよ。支援してくれる直掩軽空母から八島まで、改良型艦戦を運ぶだけの大型舟艇ですからね。たしかに輸送隊の鈍速な航空機運搬船を使って運ぶより何倍も速くなりますが、本当に作ってしまうとは」

作ったのは自分の部下なのだが、村岡はそれを認めたくないようだ。

奇抜すぎる計画への参加は、出世の邪魔になるとでも考えているのだろう。

「そう言うな。外洋搬送艇は、揚陸艦に搭載されている大型舟艇の代替わり艇として、今後、改良型が量産されるらしいぞ。

たしかに伊豆型の搬送艇は改良型艦戦を運ぶためだけのものだが、艦戦固定用器具さえ撤去すれば、すぐにでも戦車揚陸艇や兵員用舟艇に早変わりできる。

これは将来的にみると、太平洋の島々に上陸作戦を実施するときは揚陸艇として、その後、島に飛行場が設置されたら航空機運搬艇として活用できることになる」

「それは、そうですが……」

どうやら村岡は、こんな奇抜なものを量産するなら、もっと堅実な艦種を量産すべきという意見の持ち主らしい。

それは、おそらく正しい。

だが、いまの日本が置かれている特殊な状況を考えると、村岡の意見に従っていたら確実に戦争に負ける。

つまり原理的には間違っていても、用法的に正解なら採用する。

これが今の日本の実状だった。

「伊豆型四隻は、進水したらすぐ相模湾で習熟訓練に入る。同時に全般的な試験も行ない、不具合が出たら、なるべく艦内の工作部で対処することになっている。だから横須賀に戻ってくるのは、航行不能などの重大事案が発生した場合のみだ。

そして一週間の集中試験ののち、ただちにサイパンへ向かう。当然、向かう途中も訓練の日々が続く。艦内工作部も、その頃には八島用の補修部材の製造を始めているだろう。

そしてサイパン到着後は、本格的な物資の搬入を行なったのち、八島の作戦実施に合わせるかたちで、二隻がミッドウェイ島へと向かう。残り二隻は交代兼補充用だから、そのままサイパンで訓練を続けるはずだ」

嶋田の口振りでは、今日にも乗員その他が乗艦しそうな勢いだ。

今日の進水式は形だけのため、実際にドックへ注水するのは今日の夜中になる。

だから四隻がドックを出て東京湾を移動しはじめるのは、明日の朝。

おそらく乗員たちも、明日の朝一番に乗艦となるはずだ。

「しっかし……我々が最高機密を知らないのは当然ですが、上層部はこんな特殊艦まで作って、いったい八島になにをやらせるつもりなんでしょうかね？」

村岡の上層部批判ともとれる言動は、幸いにも軍楽隊の演奏のせいで遠くまで届かない。

しかし嶋田は顔をしかめると、たしなめる口調になった。

「いまの部門に留まりたいなら口を慎むべきだな。なんだかんだ言っても、海軍で一番やりがいのある部門なのは確かなんだ。将来的に見ても、以前の閑職に戻ることはない。

今後、新造艦はすべて、新しい軍事技術がてんこ盛りされる。そして最新の技術を作り出しているのが我々の部門である以上、これからは海軍技術研究所が技術部門の花形になることは明白だ」

もう戦艦は設計すら行なう予定がない。

重巡も改装計画があるだけだ。

その代わり、最大で八〇〇〇トン級になる各種軽巡が、すでに全国の造船所で建造されている。

空母についても、水上機母艦だったものを改装軽空母にする計画が、大幅に前倒しされるかたちで実施されている。

同時に、翔鶴型空母に八島技術を追加した装甲改装型が二隻、長崎と呉で建艦中だ。そして大和型とともに消滅した大鳳型に代わる新型正規空母『白鳳型』も、今年中には建艦が開始される。

これらの空母にも、ふんだんに八島技術が使われている。

もっとも変化したのは飛行甲板だ。

中甲板から上の格納庫と飛行甲板は、骨組みだけRC構造の鉄筋コンクリートで造られていて、その上には空母専用の重層コンクリ板が張られている（RC構造材も柱や梁一本ごとに交換できるよう、すべてがボルト接合となっている）。

重層コンクリ板は、被弾した場合の破壊浸潤の防止が目的だが、それ以上に、破損箇所の修理が極めて迅速かつ簡単だという利点がある。

さらには飛行甲板に重層コンクリ板を用いることで、簡単に装甲甲板ができてしまう。

今後は改装軽空母ですら、飛行甲板が二五〇キロ徹甲爆弾に耐えられる設計というから驚きだ。

新造される翔鶴改型に至っては、五〇〇キロまで耐えられる。

白鳳型に至っては、本格的な装甲空母のため八〇〇キロ徹甲爆弾までなら格納庫へ貫通しない設計になっている。

駆逐艦は鋼材不足を補うため、艦体の基本骨格を鉄筋コンクリート製のバスタブ構造としている。その上で、各部に鉄筋コンクリート重層パネルを張りつける工法が採用され、『星型』と命名されたものが建艦を開始している（八島や新型空母は鋼筋コンクリート製パネルだが、軽巡と駆逐艦は安価な一般建築資材用の鉄筋となっている）。

同じ流れで、海上護衛総隊や輸送部隊の主力艦として、一号海防艦（護衛フリゲート）も、すでに各地の民間造船所で建艦が始まっている。

この新型海防艦は、民間の船台やドックで、艦体中央区画となるコンクリブロック筐体（八島のバスタブ構造と同様のもの）を作った後、町の鉄工所で作ったRC構造の外装骨組みブロックを張りつけ、最後に建設素材会社が作った重層コンクリ板を張りつけて完成に至る（海防艦の最外層鉄材は、鋼板ではなく一般的な鉄板のため民間用の一・五センチ厚鉄板を流用できる）。

すべてが同時進行で行なわれるため、艤装を含めた建艦期間は三ヵ月と極端に短い。

しかも最初の数隻が完成したら、あとは流れ作業になるため毎月何隻もが完成していく。

このように、今後に建艦／計画されている艦には、多かれ少なかれ八島技術が取り入れられている。

そのため排水量が増えて大型化するのは仕方がないが、鉄材使用量はじつに五分の一以下まで減っている。

これまで一隻作るのに必要な鋼材で、なんと五隻が作れる。

ないない尽くしでセメント材料だけは大量にある日本では、まさに天佑とでも言うべき状況である。

「英仏蘭はともかく、アメリカ相手に、連合艦隊はどこまでやるつもりだろう……」

村田が考え込む感じで呟いた。

連合国が戦っているのは日本だけではない。

ドイツやイタリアなど、他の枢軸同盟国とも戦っている。

合衆国にとって、大西洋と太平洋の両面で戦うのはまったくの愚策でしかない。

　ドイツに攻められまくっている英国はともかく、合衆国としては、ドイツか日本かのどちらか一方に絞りたいはず……。

　だから宣戦布告までして、早期に日本と決着をつけようとしたのだ。

　だが……。

　その思惑は、八島の登場によって完全にくつがえされた。

　いま合衆国は、全面的な両面作戦の泥沼にはまり込みそうになっている。

　日本に集中すれば、最悪、英国が陥落してしまう。

　英国と合衆国は連合国の両輪である。

　その片方が壊れたら、連合国はまともに走れない。

　だから嫌でも助けるしかない……。

　この状況は、日本にとっては好都合となる。


　問題は、その好都合を好機に仕立て、いかにして日本に有利な状況で日米戦争を確実に終わらせるかだ。

　その答を、いま八島に乗る山本五十六は模索しているのである。

第二章　インド独立への布石

一

八月一〇日　セイロン島東方沖

この日、英国のチャーチル首相は、開戦後二度めの深刻な失望を味わった。

南雲機動部隊によるトリンコマリー空襲。

まさに晴天の霹靂だった。

東洋艦隊は、二度の敗北によりシンガポールから追いだされた。

そこで、なんとか態勢を立て直そうと、セイロンのトリンコマリーに母港を定めた矢先の出来事だった。

すでに東洋艦隊は満身創痍だ。

プリンス・オブ・ウェールズの沈没とともに、艦隊長官だったサー・トム・フィリップス大将が戦死した。

そのため、つい先月、サー・ジェームス・サマービル大将が着任したばかりで、さあこれからという時期だった。

英側の受けた被害は、増援としてやってきたばかりの戦艦ウォースパイトが、戦うことなく港内で爆発着底。セイロン沖海戦を生き残った戦艦ロイヤル・ソブリンも、弾庫誘爆により真っ二つになった。

空母ハーミーズは沈没をまぬがれたものの、飛行甲板に三発の二五〇キロ徹甲爆弾を食らい、完全に戦闘不能になった。

南雲航空隊による第一次港湾攻撃からなんとか逃れたのは、戦艦レゾリューションとリヴェンジの二隻。

しかし港の外へ出た途端、待ち構えていた掘悌吉中将率いる第二次南遣艦隊所属の戦艦『伊勢／日向』によって、インド本土方面へ逃げる間もなく撃沈された。

もっとも……。

戦艦レゾリューションとリヴェンジ、そして同様にトリンコマリー港から脱出を試みた空母ハーミーズと軽空母HMSヘルメスを最初に攻撃したのは、インド洋に展開していた日本の第二潜水戦隊（第一二艦隊所属）だったが。

宵闇にまぎれて湾口を出た英艦隊は、すぐそこに潜んでいた第二潜水戦隊・第二一潜水隊四隻による集中雷撃を受けたのである。

すでに左舷へ大きく傾いていたハーミーズは、魚雷一発の命中で横転沈没した。

他の艦も大幅に速度を落としたが、それでも懸命にトリンコマリーから北上を開始、夜明け頃にはセイロン島北端につながるポーク海峡へさしかかっていた。

ポーク海峡に入れば、インド本土の陸上航空隊による支援を受けられる。

そうなれば、とりあえずはひと安心……。

そう思った矢先、南雲の第二次攻撃隊が襲いかかったのである。

英側の戦える空母は、軽空母HMSヘルメスのみ。

搭載機数一二機は、すべてフェアリー・ソードフィッシュ雷撃機だった。

そのため、直掩担当の艦戦がいない。それでもソードフィッシュ全機を直掩として上げたらしいが、これで南雲攻撃隊を阻止できるわけがなかった。

　そして現地時間一一日の日没後、最後の掃討として、第二次南遣艦隊の戦艦二隻と第二水雷戦隊が夜戦を仕掛けた。

　それは海戦というより殲滅戦だった。

　英側がすでに瀕死の状態だったからこそ、日本の戦艦としては非力な伊勢／日向でも、なんとか英艦隊を屠ることができたのだ。

　すでに浮いているだけの艦がほとんどだった英艦隊は、健全な艦のみポーク海峡に突入させ、残りは敗北覚悟で受けてたった……が、所詮かなう相手ではなかった。

　結果的に、インド南西部の要衝コチの港まで逃げ延びたのは、巡洋艦ＨＭＳドラゴンとバンパイア、駆逐艦三隻のみ。

　日本側の被害は、港湾爆撃時に彗星艦爆二機／天山艦攻一機を失っただけで、なんと艦船被害は小破のみ……。

　最終的に生き残った英東洋艦隊は、アフリカのケニアにあるキリンディニ港まで後退し、そこで艦隊を立て直すことになった。

　インドから英東洋艦隊が駆逐された！

　この事実がもたらすインパクトは、世界を揺るがすものとなったのである

＊

「トリンコマリーが、第二次南遣艦隊による港湾明け渡し要求に対し、全面降伏を受諾する旨の通信を返してきました。そこで掘長官は、それが真実かどうか、高須四郎中将率いる支援隊へ軍使を出すよう命じました」

　ここは空母赤城の狭い艦橋。

　南雲忠一を囲むように、艦隊参謀部の面々が集

まっている。

「本来は、トリンコマリー北部に広がるアッププベリビーチに強襲上陸を仕掛ける予定だったが、どうやら直接港へ乗りこめそうだな」

南雲機動部隊は二度の航空出撃を完了させ、現在はトリンコマリー北東三八〇キロにおいて警戒態勢をとっている。

「予定では、明日一二日に実施されるはずだった上陸作戦にあわせ、近くにある砲台や陸軍基地を空襲するはずでした。ですが、トリンコマリーが戦う意志を捨てたとあらば、作戦予定を早めて、明日にもコロンボに対する第一次航空攻撃を実施しても良いかと……」

草鹿龍之介（くさかりゅうのすけ）艦隊参謀長が、けっこう過激な意見を進言した。

草鹿は穏やかな表情ながら、じつは相当の切れ者で鳴らしている。

当然、南雲の信頼も厚い。

「一度は掘長官にお伺いすべきことだが、無線での裁可申し立てはできん。すぐ水上機を出せるか？」

南雲機動部隊は無線封止をしていない。

だが今回の場合、連絡内容が最高機密にあたるため、傍受される恐れのある無線電信は使えない。

そこで水上偵察機による通信筒投下で、本隊と連絡をつけるつもりらしい。

「重巡の高雄（たかお）と愛宕（あたご）の水偵が出撃準備を整えています。どちらかに通信筒を託すのが最も効率的かと」

「では、そうしてくれ。私は少し休む」

まだ夕刻だが、とりあえず空母部隊としては今日の任務を終えている。

そこで南雲も、自室にもどって一休みする気になったらしい。

「了解しました。長官がお休みなられている間は、自分が責任を持って艦隊司令部を預からせていただきます」

「掘長官からなにか要請があれば、すぐに知らせてくれ。それでは頼む」

さすがにシンガポールを出撃してからというもの、これまでで一番の強行軍だったせいで、南雲も体に疲れが蓄積している。

ここはじっくり休んでもらい、明日からの作戦に備えてもらおう。

艦橋を去る南雲の背を見ながら、草鹿参謀長の目はそう物語っていた。

*

セイロン時間の一二日、夜（米東海岸では同日の朝）。

場所は変わって、合衆国東海岸にある首都ワシントン。

まだ朝というのに、ホワイトハウスの地下にある会議室では、疲れきった表情のルーズベルト大統領を閣僚らが囲んでいた。

「チャーチル首相からの緊急連絡は、これで三度めです」

ウンザリした表情のコーデル・ハル国務長官が、いまさっき届いたばかりの通信電文片手に詰めよってきた。

九日夜、まず一回目の通信が入った。

セイロンでは一〇日の朝にあたる時間だ。

しかも、いつもは外交電信なのに、今朝のものは大西洋横断電信ケーブルを使っての有線通信だった。

内容は、『セイロンのトリンコマリー港が、日本軍による空襲に見舞われている』というもの。

英国海軍が、コロンボの短波通信所からの緊急連絡を受け、そのままチャーチルの元へ転送してきたらしい。

二回目は一一日午前八時。

内容は『英東洋艦隊、壊滅。英海軍はトリンコマリー港を放棄し、残存艦はインド南西部へ退避。トリンコマリー港は無血開城を表明』だった。

そして、先ほどハルが報告した三回めとなる。

内容は次の通り。

『日本軍、トリンコマリー近郊へ上陸。英守備軍は圧倒的劣勢につき、北部のジャブナへ撤退中。ジャブナ到着後は、速やかにポーク海峡を渡りインド本土へと移動する予定。

英インド植民軍は南部の要衝マドゥライへ戦力を集中し、インド南部の防衛力増強およびにセイロン島への逆上陸を試みる予定。

しかし、英単独でのセイロン奪還はもはや難しい。そこで合衆国政府は、連合軍同盟規約に基づき、迅速かつ大規模な直接軍事支援を実施してもらいたい。以上、英首相チャーチル』

黙ったままの閣僚を前にして、ルーズベルトが低い声で質問を始める。

「日本軍が、セイロン島の港一ヵ所を奪取しただけなのに、なぜチャーチル首相はセイロン島全体が陥落したかのように慌てているのだ？」

当然の疑問のように思える。

だがそれは、アーネスト・キング海軍作戦部長の返答により否定された。

「……閣下。たしかに英インド植民軍は、志願兵で構成される二五〇万もの大戦力を誇っています。しかしインド沿岸からセイロン島へ移動するには、どうしても輸送船が必要です。

現状からして、輸送船団に護衛艦隊が随伴していないと、日本の艦隊によって全滅させられます。

その護衛を担(にな)っていたのが英東洋艦隊でしたから……現在のインド軍は、セイロン島への軍事支援は、航空機によるものに限定されるでしょう。

　またセイロン島についても問題があります。英国はセイロン統治に、少数民族のタミル人を優遇して用いています。そのため多数を占めるシンハラ人の協力を得ることが難しく、どちらかといえば、シンハラ人は日本軍によるセイロン支配を歓迎するでしょう。

　これらの諸事情を考慮すると、主要軍港であるトリンコマリーを奪取され、主要都市であるコロンボが何度も空襲にあっている現在、セイロン島全土でシンハラ人を中心とする独立運動が勃発するのは必至の状況と思われます。

　そしてセイロン島が陥落すれば、インド南部に対する直接的な脅威となります。とくに東洋艦隊消滅による制海権の完全喪失は大ダメージとなります。なにせインドでの軍需産業が稚拙な段階にあるため、最新鋭の装備をインドで調達できませんので。

　対する日本は、セイロン島を拠点として、インド全域に対する長距離航空攻撃、および沿岸にある重要拠点へ艦隊による攻撃を自由に行なえます。

　これでは、いくら二五〇万の陸軍兵力を誇っていても、実質的に支配できるのはインド内陸部のみですので、セイロン島を奪還することなど不可能です」

　キング作戦部長は、いつもは温厚な物言いで有名のはずだ。

　しかし今日の発言は辛辣そのものだった。

　それだけ合衆国海軍の実務トップとして焦りを感じている証拠だろう。

「……君の意見は理解した。しかし、このままチャーチル首相の要請を無視するわけにもいかん。

なにしろ連合軍規約まで持ちだしたのだからな。

　このまま何もしないと、連合各国の間に深刻な亀裂が生じてしまう。両輪の片方である英国の嘆願にすら答えられないのでは、他の加盟国が危機に瀕しても、合衆国は何もしてくれない……そう判断するだろう」

　インド洋にいる日本海軍を叩きたくとも、肝心の連合軍の艦隊がいない。

　いや、ハワイには旧式ながら大量の戦艦がいる。

　しかしそれらは、ミッドウェイに居座っている八島のせいで、蛇に睨まれたカエルのように動けない。

　つまり合衆国海軍は、太平洋艦隊以外から艦隊を捻出しなければならないのだ。

　これは政治家のルーズベルトには難しすぎる課題である。

　そこで海軍実務トップに丸投げすることにした。


「キング作戦部長。今後の具体的な指針はあるかね？」

　ないと答えれば、無能の烙印をおされて更迭されかねない。

　答えるしかなかった。

「……当座の措置として、英地中海艦隊（H部隊）から部隊を編成し、スエズ運河を使って西インド洋に展開させるしかないでしょうな。当然チャーチル首相も、インド防衛の最終手段として、この程度は考えておられるはず……それでも圧倒的に足りないから、合衆国へ支援を求めてきたと判断します。

　となると……一九四三年をメドに設立を予定している合衆国海軍第四艦隊を、前倒しで編成するしかありません。

　もともと第四艦隊は、アフリカ南部における船団護衛を目的にしたものです。これを編成して、英海軍が新拠点に定めたケニアのキリンディニへ移動させれば、なんとか日本海軍のアフリカ侵攻を食い止めることができると思います。

もっとも……この措置を講じたとしても、セイロン奪還が可能な状況になるわけではありません。そこで反攻作戦については、来年以降の海軍における軍備増強の結果が出はじめてから検討すれば良いと思います」

キングもまた、合衆国軍が実施中の軍備増強計画へ責任を転嫁する発言をした。

ここのところ合衆国政府内では、すべてを軍備増強計画に賭ける風潮が蔓延している。

計画が達成される来年になれば、続々と新造艦が配備されはじめる。

陸軍の戦車や砲、車輌なども、新型が大量生産されはじめる。

それらが出揃ってから大反攻作戦を実施すれば、国力の乏しい日本やドイツなど、あっという間に駆逐できる……。

まさに希望的観測である。

現実には、来年まで合衆国が引きこもっていたら、まず間違いなく英本土が陥落する。

なので合衆国軍は、今年中に抜本的な方針転換を迫られる可能性が極めて高い。

このうち対ドイツ戦に関しては、事が陸上戦闘中心のため、とりあえず大規模な間接軍事支援を行なっている。

具体的には、大西洋を横断するかたちでの大規模な陸空軍の装備支援だ。

この支援に必要なものは、主に大規模な輸送船団である。

なおかつ、輸送船団を護衛するための中小型軍艦となる。

これを満たすために、合衆国は突貫で戦時標準船の建造と、護衛駆逐艦の建艦を行なっている（皮肉なことに、米戦時標準船にはコンクリート船の構想もある）。

だが……。

対日本戦に必要なのは、大型の戦闘艦と空母なのだ。

それらが一掃されたインド洋海域と、ハワイへ引きこもり状態の北太平洋海域において、新たな艦隊を編成する余裕はまったくない。

「無いものは出せぬ……か。わかった。キング作戦部長の意見を受け入れ、インド洋においては今年いっぱい、徹底した防衛戦略を展開するよう大統領命令を出そう。その間、日本軍が同海域で侵攻作戦を展開してきても、なるべく戦力を温存しつつ、その範囲内で応戦するに留めるとする。これでいいか?」

結論を口にしたルーズベルトは、疲れきった眼で閣僚たちを睨みつけた。

むろん、誰も反論する者はいない。

全員が来年頼みである以上、今年は我慢の年と理解していた。

「それでは次の議題に移る」

戦争以外にも、問題は山積している。

ルーズベルトの疲労は溜まる一方だった。

二

九月一八日　日本

東京市ヶ谷にある大本営。

そこで今、天皇陛下が臨席しての大本営会議が開かれている。

「セイロン島を解放した今、太平洋とインド洋の欧米列強はあらかた排除できたと思うが……まだ講和の気運は満ちておらぬと申すか？」

質問したのは天皇陛下。

されたのは永野（ながの）修身（おさみ）海軍軍令部総長。

皇居で行なわれる御前会議では、陛下の質問は原則として行なわれないという暗黙の了解がある。これに対し大本営会議では、陛下が積極的に質問することが多々ある。

これは御前会議が形式的な国家承認の場なのに対し、大本営会議は、統帥権の独立のもとに行なわれる、陛下を最高指揮官とする真の戦争遂行会議だからだ。

事が軍事部門の最高会議であり、陛下の統帥権を厳守する意味で、この場にいるのは軍人のみとなっている。政治家は、たとえ首相でも出席が許されていない。

ただし例外として、陸海軍大臣は参加が許されている。しかしそれも、列席はできるものの発言権は与えられていない。

陛下に返答を迫られた永野は、軍人というより政治家然とした顔を書類に落としたまま、さりとて萎縮することもなく答えた。

「現状では、合衆国政府および連合国に対して、停戦要求から始まる講和への希求を呼びかけても無視されると判断しております。

たしかに我が軍は、欧米列強軍に対し電撃的な攻勢に出て圧勝中であります。インド洋および太平洋における英蘭仏軍は、一時的ではありますが壊滅状況にあります。

しかし合衆国軍は違います。たしかに八島部隊の奮戦により、米太平洋艦隊に所属する主力艦の多くを撃沈せしめました。しかしハワイには、いまもなお戦艦が多数残っております。

おそらくニミッツ長官は今頃、生き残っている戦艦を中心にハワイ防衛艦隊を編成し、八島艦隊のハワイ侵攻を阻止する態勢を固めているはずです。これはミッドウェイ島から飛ばした、海軍飛行艇による偵察の結果とも一致しております。

　そこで海軍軍令部としては、現在の合衆国の現状を次のように分析しております。

　合衆国政府はミッドウェイ海戦における大敗北を、意図的に矮小化して米国民に伝えている。そのため、今もって米国民の多くは、ハワイの米艦隊が日本海軍の侵攻を食い止めていると信じている。

　事実、八隻もの戦艦が真珠湾に居座っていますので、数だけいえば、まだ真珠湾の戦艦のみで、日本海軍の八島を除く全戦艦数と同じとなっています。そして肝心の八島に関する情報は、ハワイにおいては一般に公表されていません。

　つまり合衆国政府は、国民すら騙すかたちで戦争を続行するつもりだと判断します。その根拠として、来年に成果が出てくると思われる、未曾有の軍備大拡張を待つ風潮があります。それが達成されるまでは、防衛戦略を堅持することが最終勝利への道と判断されていると思われます」

　永野はあえて結論を口にしなかった。

　なぜなら結論を出すのは彼ではなく陛下だからだ。

「来年の米国における大軍拡が成就したら、我が軍は苦しくなるのではないか？」

「はい。米国内にいる我が方の間諜は、あらかたが逮捕されてしまいました。しかしごく少数ですが長期潜入させた者が生き残っており、現在も米国内の重要情報を伝えています。

　それによれば、建艦計画が軌道に乗ったのちは、新型戦艦が六ヵ月に一隻、新型正規空母は二ヵ月に一隻、軽巡は一ヵ月に一隻、護衛空母は二週間に一隻。駆逐艦は一年間に七〇隻以上……いずれも細かい数字に間違いはあると判断しておりますが、概要としては正しいと分析しております」

合衆国との開戦から、おおよそ三ヵ月。

日本は宣戦布告をされた側だから、当然ながら合衆国は準備万端整えての戦争開始と思われている。

しかし実態は、英国をはじめとする連合国に急っつかれての開戦だったため、未曾有の大軍備拡張計画も開戦直後に突貫で仕立てあげたものだった。

それでも今年の末あたりから、新型駆逐艦や護衛空母が続々と完成しはじめる。さすが日本の一〇倍の国力をもつ超大国である。

しかも日本側は希少な情報源をもとに分析したものの、すべての情報を得たとはお世辞にも言えない。大半が断片情報でしかなく、そこに推測と憶測を加えたものが永野の元へ届けられている。

実際の合衆国による戦時軍備増強計画は、海軍だけ取り上げても、いま永野が言った数値は初年度のみの数字に近く、次の年度となる一九四四年度には、さらに一・五倍ほどまで増産が加速していく予定になっている。

そこまで合衆国を野放しにしていれば、いかにドイツとの両面戦争だとしても、日本はいずれ物量に圧されて負ける。

八島がハワイで不沈艦として居座ったとしても、他の方面に大艦隊を送りこまれたら、日本は既存の艦隊で応戦するしかないのだ。

そうなれば、一隻ずつ通常タイプの戦艦を削られ、正規空母も数で圧倒されたら潰される。最後には八島一隻がハワイに取り残され、果てることのない戦闘の末、弾が尽きて沈黙せざるを得なくなるだろう。

永野の分析を聞いた陛下は、長い時間、黙ったまま瞑目していた。

　現時点では、帝国陸軍の作戦に支障は出ていない。

　セイロン島は奪取したが、インド本土への陸軍侵攻は計画されていない。

　その代わり、インド人によるインド独立を旗印とするインド国民軍が、チャンドラ・ボースの指揮のもと、セイロンに結集する予定になっている。

　すでにビルマ方面には、日本陸軍による育成が終わったインド国民軍ビルマ方面軍が、いつでもベンガル地方へ攻め込める態勢で待機している。

　日本陸軍の計画では、インド国民軍のセイロン方面軍が整備され次第、ビルマ方面軍と連動するかたちで、南と東から同時侵攻することになっている。

　さらにはインド国内に潜伏している独立諸派を纏めあげ、インド内部でも抵抗運動を激化させることにより、インド全体の英国支配を破壊する予定だ。

　その間、日本陸海軍は、インド国民軍への間接的な軍事支援に終始する。

　軍事的な直接行動は、セイロン島とビルマ本土からの航空攻撃と、トリンコマリーに常駐する、南遣艦隊セイロン支隊によるインド沿岸部の砲撃のみとなっている。

　つまりインド方面はインド国民軍に丸投げするのだ。

　これにより、東南アジア方面とハワイ方面に戦力を集中することが可能になる。

　ここまでの状況を完成させることが、開戦から現在までの戦略目標となっていた。

「陸軍参謀総長の意見を聞きたい」

　陛下の指名で、杉山元（すぎやまはじめ）陸軍参謀総長が起立した。

「陸軍としては、ともかく石油をはじめとする軍事物資の確保を最優先としておりますので、現在は旧植民地の支配領域を固めると同時に、既存の油井(ゆせい)や鉱山だけでなく、埋蔵が確認されているものを新たに採掘する方針を貫いております。

既存のものは相当量が現地に備蓄されいた関係で、すでに一部は台湾経由で日本本土へ輸送されております。ただ、敵潜水艦が輸送船団を頻繁に襲撃しているため、早急な防衛措置が必要との結論に達しております。

これに関しては永野軍令部総長殿から詳しく報告があると思いますが、新方式で建艦される海防艦の完成が、大幅な前倒しで進んでいると聞き及んでおります。いずれ海上輸送ルートを徘徊している米潜水艦は、海上護衛総隊所属の新型海防艦によって排除されると信じております」

ここまで言った杉山は、ちらりと永野の目を見た。

永野が『問題ない』といった風に、ちいさく肯く。

海軍の同意を得た杉山は、決心した顔を陛下へむけた。

「これらの状況を鑑(かん)がみ、帝国陸軍としては、海軍によるハワイ方面の作戦の進捗状況に合わせ、余剰兵力を陸海軍合同作戦部隊に仕立てて運用する予定になっております。

これらの部隊はすでに一部がサイパンへ移動しており、本日の大本営会議において陛下の御聖断が下されれば、ただちに作戦を開始できる状況にあります」

「陸海軍の状況はわかった。我が帝国は、合衆国から宣戦布告されたいきさつもあるため、基本的な方針は防衛戦争となっておる。そこで講和の時期を問うたのだが、まだのようだな。

では、本意ではないが……帝国軍は、合衆国をはじめとする連合国が宣戦布告は過ちだったとして、戦争終結を望む状況を意図的に造らねばならない。

軍令部総長、参謀部総長。そのような状況を、遅くとも合衆国が大型艦を大量に実戦配備する前までに作れるか？　作れるのであれば、これまで通りの方針を、いましばらく続けることにするが」

陛下の判断は、ほぼ即時だった。

あくまで質問のかたちをとっているが、実際は決意表明である。

当然、永野と杉山は、相次いで発言を求め、来年の夏をメドに合衆国が講和に応じざるを得ない状況を作るのは可能だと返答した。

大本営会議は、これにて散会となった。

陛下が決断を表明することはない。その代わり、ここで陸海軍が合意した内容は、明日にも開かれる宮中御前会議において、首相などの列席のもと承認されることになる。

その際、陛下が異論を口にしない限り、『沈黙の了解』となるである。

かくして……。

まだ残暑の残る九月一八日。

日本国における今後の戦争方針が決定したのだった。

＊

九月二〇日、朝。

八島のGF司令部へ、北太平洋作戦第二段階となるハワイ作戦の実施命令が届いた。

「本日夕刻をもって出撃する。これをもって作戦開始とする」

作戦実施命令を受けた山本五十六は、八島の中央会議室に響きわたる声で長官命令を発した。

長らくミッドウェイ南岸へ居座っていた八島が、ふたたび動きはじめる。

　作戦内容は、とうの昔に定まっている。

　そのため全員、会議室に留まる理由がない。

　山本の命令と同時に会議は終了となり、ＧＦ司令部および参謀部の面々は、速やかに自分たちの担当部所へと走っていく。

「宇垣。次の定時連絡で、潜水艦隊に長官命令を伝えてくれ。潜水艦隊においては、ただちにオアフ島西岸方面へ移動し、可能なかぎり敵艦の撃滅に邁進せよ。以上だ」

　潜水艦隊は、基本的に独立行動となる。

　そこで八島の進撃とは連動せず、自由に敵への攻撃を行なうことになる。

　そのための命令だった。

「了解しました。ただちに打電の準備をさせます」

　潜水艦隊への通信は通信参謀の役目だが、ここは宇垣が了承することで、あとは宇垣の権限ですべてを執り行なうことが可能となる。

　宇垣が退室したため、山本のそばには二人の専任参謀のみが残る。

「さて……渡辺。ちょいと苦労させるが、八島の各部所における補修状況を調べてくれないか。包括的な報告なら受けているが、個々の部門の肉声が聞きたい」

　長官専任参謀の一人——渡辺安次中佐に声をかける。

　なんと山本は、このだだっ広い八島を駆け回り、現場の状況を調べてこいと命令したのだ。

　それは、ちょっとした山に登るほどの労力を必要とする。

　八島運動会と名づけられた体力増強大会の競技で、艦内各地の中継点を結ぶマラソン競技があるため、参加を強制される四〇歳以下の乗員すべてが、この命令の無茶さを知っている。

だが、同じ長官専任参謀の黒島亀人とは違い、渡辺はマジメな男だ。

内心でどう思っているかは知らないが、嫌な顔ひとつせずに了解した。

渡辺が去ると、山本は、ひとり残った黒島亀人に目を向けた。

「黒島……貴様に頼んでも断ると思ったから、渡辺にやらせたんだ。せめて渡辺が帰ってきたら、手拭いと水くらいは渡してやれ。報告は後で受ける」

「命令なら拒否できませんが？　もちろん要請なら断わります。それで……水と手拭いですが、私が動くのは効率的ではありませんが……承知しました」

黒島は変人だが性根が腐っているわけではない。

同僚が汗だくになって帰ってくるのはわかっているので、山本の頼みを聞く気になったらしい。

「さて、夕刻まで少し休む。黒島、宇垣が戻ってきたらよろしく頼むと伝えてくれ」

「承知しました。では……長官、退室！」

すぐに会議室を去ろうとする山本の背に、黒島の声が響く。

その頃まで残っていたＧＦ司令部要員は少なかったが、残った全員が直立不動で山本を見送る。ただし海軍の慣例で敬礼はしない。

ついに会議室で最後の一人になった黒島。

ぼそりとつぶやく。

「さて……渡辺が帰ってくるまで、しばし時間があるな。今度の作戦における米艦隊の動きについて、すこし瞑想してみるか」

そう呟いた黒島は、大会議室の隣りにある給湯室を見る。

会議の後片付けをしたそうに覗いている配膳係

に手招きすると、冷たい水の入った水差し、そして手拭い二枚を持ってくるように命じる。

それが終わると、大会議室の壁際にある椅子に座り、腕を組んで瞑想をはじめた。

三

九月二二日夜　オアフ島西岸

「出てきました」

ヘッドホンをつけたままの聴音担当兵が、長官用の小さなパイプ製の据えつけ椅子に座っている小松輝久（こまつてるひさ）潜水艦隊長官へ報告した。

「仔細は、わかるか？」

小松は中将という高位にありながら、今回の作戦では現場に出ると言いはり、山本長官も根負けするかたちで了承している。

そのため小松は、潜水艦隊長官兼第一潜水戦隊司令官兼第三潜水隊司令と、なんとも凄まじい兼任ぶりを見せる結果となった。

「先頭艦は駆逐艦、次も駆逐艦です。どうやら駆逐戦隊を露払いに出しているようです。ただし、すぐ後に戦艦多数のスクリュー音が聞こえますので、戦艦群も動きはじめたことは確かです」

聴音担当が聞いているのは、真珠湾の湾口から聞こえてくる水中音だ。

小松の乗る伊七は、湾口に張られた防潜ネットから西へ五〇〇〇メートル、水深七〇メートルの位置に潜んでいる。

機関を停止し、潮の流れに身を任せての潜伏である。

伊七は水偵一機を有する航空潜水艦だが、第一潜水戦隊においては第一航空潜水隊に所属せず、艦隊司令部を有する旗艦として稼動している。

　これは小松が航空偵察の必要性を重視し、最低でも乗艦している潜水艦から水偵を射出できるよう配慮したからだ。

「八島部隊の現在位置は？」

　今度の質問は、加藤良之助（かとうりょうのすけ）艦隊参謀長に対してだ。

　加藤は、開戦前まで第六潜水隊司令、開戦後から七月末までは第三潜水戦隊司令官を務めていた、いわば潜水艦部隊を指揮するプロである。

　本来なら今回の作戦も、第三潜水戦隊を率いて参加しているはずなのだが、小松が乗艦すると言い張ったため、山本五十六が加藤に無理を言って、艦隊参謀長へ転任してもらった経緯があった（地位的には、潜水戦隊司令官は大佐か少将なので、大佐が基本の艦隊参謀長だと横スライドしたことになる）。

「オアフ島の西北西七八〇キロを二四ノットで移動中です。現在時刻が二〇二〇ですので、明日の夜明け時点だと、オアフ島西北西四二〇キロに到達する予定です」

　加藤は小松が何を知りたいか、充分察知している。

　小松の質問の意図はこうだ。

『八島の位置は敵哨戒艇により補足されている。したがって、明日の夜明け時点でハワイの航空隊による航空攻撃を受ける。その時、同時に敵戦艦部隊による突入攻撃があれば、八島の応戦態勢が分散してしまう。これは大問題だから、未然に自分たちが阻止しなければならない……』といった具合だ。

「たしか敵戦艦部隊の艦隊最大速度は、二一ノット前後のはずだな？」

「実際には、そこまで出ないと思います。なにしろ古い艦が多いですので。そうですね、二〇ノット……いや、一九ノットが精一杯。巡洋速度となると一六から一七ノットまで下がるでしょう」

「二〇ノットと高めに想定しても、八時間強で二九六キロしか移動できん。となると朝一番もしくは未明での海上決戦は無理だな……。

八島部隊は、昼間だからといって進撃を止めるようなことはない。予定では明日の夜八時過ぎに真珠湾近くに到達する。むろん、その前に敵艦隊と遭遇するだろうから、実際には日没付近で海上決戦が勃発する。

この時間帯だと、敵の陸上航空隊は出撃してくるだろうな。もちろん、八島部隊と随伴空母二隻からも直掩隊を出すだろうから、八島が一方的に攻撃されるようなことはないだろうが……。

よし！　待機中の第三潜水隊のみでの雷撃を実施する。伊七においては、雷撃実施後に水中打音を二回発信せよ。これで第一潜水戦隊に所属する他の隊は、攻撃態勢を解除して後退する。

オアフ島西北西一二〇キロで散開待機中の第三潜水戦隊についてでは、次の定時連絡のときに、明日未明における敵艦隊の想定位置に移動するよう命令する。加藤、忙しくなるが、よろしく頼むぞ」

「了解しました。ではまず……伊七艦長。敵戦艦部隊が湾口を出たら、艦首魚雷発射管を用いて六発の魚雷を順次発射せよ。できるだけ多くの戦艦に被害を与えることが目的のため、進路を変えながら一発ずつ狙って撃て。

全魚雷を発射したのち、水中打音を二回発信。その後、全速で南西方向へ退避。水深八〇にて二〇分間移動後、機関停止。その後は様子を見る。なお、水中打音の応答を聞く必要はない。各隊の判断に任せる。では、後は任せる」

伊七艦長からすれば、加藤参謀長は潜水艦乗りのエリート将校だ。

つまり有能なのが判りきっている先輩のようなものなので、いまの細かい命令を受けても素直に従っている。

「先鋒の駆逐部隊、湾口を出てすぐ散開しつつあります。どうやら、我々の存在を疑っているようです」

聴音担当が、小声で報告する。

これに反応したのは小松だった。

「加藤……この距離で駆逐部隊を放置していると、雷撃する前に発見されないか？」

参謀長の返答は速かった。

「すぐ後に騒音をばらまいている戦艦群がいますので、それが浅い湾口部や岸辺で反響して、とても聴音する状況にはないでしょう。我々の存在を危惧して警戒しているのは確かですが、水中係留中の我々を発見できるとは思えません。

ですから、もし発見されるとすれば、敵戦艦部隊が湾口から出るのにあわせ、我々が機関を始動して雷撃地点まで前進する間……おおよそ一〇分あまりとなります。

この時点ではモーター推進中ですし、潜航深度も急速に浅くなります。最終的には潜望鏡深度にまで浮上しないと、雷撃の狙いを付けられません。

この時点に至っては、ほぼ運が成否を支配します。我々の雷撃が先か、敵駆逐艦が我々を発見して接近、爆雷攻撃を仕掛けるのが先か……。

まあ、七・三の割合で、我々のほうが先と考えていますけどね。敵が聴音して我々の居場所を特定できても、彼我の距離が一〇〇〇メートル以下でなければ、敵の爆雷攻撃は間に合いません」

参謀たちのシミュレートは、すべて計算で成りたっている。

対する小松や艦長などの指揮官は、どちらかといえば経験則で判断する。

小松の経験でも、自分が乗った潜水艦が攻撃されたことはない。なので、いくら潜水艦部隊の指揮経験が豊富でも、実際に攻撃されるとなると不安になってしまう。

そこをカバーするのが参謀長の頭脳なのだ。

「湾口部に敵戦艦の先頭艦が到達。後続艦との距離、おおよそ四〇〇。以降の戦艦も同じ間隔で移動している模様です」

「まだだ……戦艦部隊がすべて出るまで待つ」

「一番近い敵駆逐艦までの距離、三八〇〇」

まだ大丈夫……。

そう自分に言い聞かせながら、小松はジリジリとした時間経過をじっと耐えている。

二〇分後。

「敵駆逐艦、こちら方向に転進。距離二六〇〇」

「見つかったのか?」

思わず小松は聴音担当に聞く。

「いいえ。たんなる対潜哨戒行動のための転進です。ただ、こちら方向へまっすぐむかう航路ですので、彼我の距離は急速に縮まっていきます」

小松の顔に、始めて焦りが浮かんだ。

駆逐艦の対潜哨戒行動は、二隻が蛇行しつつ行なわれる。

そのため速度は遅いが、いま動けば確実に発見されるだろう。

さらに二〇分が経過した。

「敵戦艦部隊、八隻のスクリュー音を判別。八隻は湾外に出たが、なお後続艦がある模様」

「GF司令部の判断では、最大で一〇隻だったが……どうやら当たりのようだな。それで、敵駆逐艦の動きはどうなっている」

「彼我の距離一二〇〇。ここで能動探査を打たれたら発見されます。あ……敵駆逐艦二隻、転舵しました!」

敵の駆逐部隊は、おそらく六隻程度だろう。

つまり至近距離にいる二隻の他に、別方向へ二組四隻が展開しているはずだ。

それらが勝手に能動探査を行なったら、浅い沿岸部の海に反射しまくって探知どころではなくなる。

そこでもっぱら、聴音装置を使った受動探査のみでの哨戒活動となる。

しかし受動探査では、機関を停止している潜水艦は捉えられない……。

さらに二〇分経過。

「敵駆逐艦との距離、二八〇〇。どうやら戦艦部隊がすべて湾外に出たため、周辺警戒のため湾口近くに集結する模様です」

「よし、機関始動だ。これより真珠湾の湾口部へむけて一〇分間、モーター推進全速で移動する。水深は一〇分後に潜望鏡深度まで浮上。予定地点に到達したら、ただちに潜望鏡による周辺索敵を実施する。

あとは敵戦艦を捉え次第、順次雷撃を実施する。雷撃完了までは、たとえ敵駆逐艦に発見されても退避しない。いいな！」

本来であれば、艦隊長官の乗る旗艦は最後まで生き残る使命がある。

それが一番槍を担う勢いで行動するのだから、小松長官は中将らしからぬ武人である。

「モーター始動、全速」

艦長の命令と同時に、艦内にウィーンという独特のモーター回転音が響きはじめる。

「転舵右一二度」

「主タンク排水。上昇角一〇度」

発令所のあちこちから、ささやくような小声ながら、報告の声が上がりはじめる。

「魚雷発射管室より連絡。前部六門、すべて装填完了。いつでも射てます」

報告してきたのは、発令所の前方にある魚雷管制盤を操作する魚雷発射担当だ。

「敵駆逐艦は？」

小松は気になってしかたないらしく、また敵の位置を聞いた。

「湾口方向へ今も移動中。他の駆逐艦も、こちらに気づいた様子はありません」

それから八分後。

いまやモーター音は最大となり、伊七は水中速度八ノットで魚雷発射地点へと急いでいる。

「先ほどの駆逐艦二隻が転進！　こちらに艦首を向けつつあります。発見された模様！」

さすがに緊張したのか、聴音担当が言葉を強めにして報告した。

あと二分……。

「このまま行く！　もはや一秒も無駄にはできんぞ！」

小松までつられて声が大きくなる。

しかしモーター音のほうが大きいため、それが障害となることはない。

「潜望鏡深度！」

「潜望鏡、上げ！」

瞬時に伊七の副長が潜望鏡に張りつき、物凄い速さで潜望鏡を廻しはじめる。

「転舵、左八度！　転舵後、ただちに一番発射。次、転舵右二度。転舵後、すぐ二番発射。あと六番まで、順次二度転舵しつつ発射する。急げ！」

この時点になると、小松たちに出番はない。

すべて伊七の乗員たちの戦いとなる。

「敵駆逐艦二隻、距離二〇〇〇。別方向より二隻、距離四六〇〇」

「転舵終了」

「一番発射！」

――ズン！

圧搾空気に魚雷が押し出される音。

「右転舵！」

一分後。

「二番発射！」

右へ転舵した後は、艦首方向が二度ずれるごとに魚雷を発射していく。

転舵は六発を射ち尽くすまで止まらないから、転舵終了の報告はない。

「敵駆逐艦との距離、一八〇〇。能動探査音！」

――コーン！

その音は、伊七の二重船殻を通して小松にも聞こえた。

「四番発射！」

「五番発射！」

「六番発射！」

そのたびに、腹に響く魚雷発射音が聞こえてくる。

「転舵一四〇度。モーター全速。深度八〇。急速潜航！」

艦長の声も極度の緊張が見られる。

これから伊七は逃走する。

しかし、その速度は最大八ノットと、涙が出そうなほど遅い。

対する敵駆逐艦は三四ノット以上！

もっと接近すれば、対潜駆逐行動のため速度を落とすだろうが、いまは最大戦速に近い速さで接近中だ。

「……あっ！」

突然、聴音担当が声をあげた。

「本艦の左舷一〇〇〇メートルにいる伊一七四が、接近中の駆逐艦二隻に向けて魚雷二発を発射！」

「なんだと！」

作戦予定に応戦はない。

小松の水中打音による最終命令にも、その予定はなかった。

つまり今の発射は、伊一七四の独断で行なわれたものだった。

「接近中の敵駆逐艦、雷撃に気づきました。現在、回避中！」

おそらく当たらない。

敵駆逐艦は、対潜哨戒行動中のため蛇行していたはず。

そこを狙っても、小回りの効く駆逐艦だと回避されてしまう。

「魚雷、外れます」

案の定、当たらなかった。

ただし外れた魚雷は、なおも先へ進む。

その先には戦艦群がいるから、まったく無駄弾になるとは言い切れない。

「敵駆逐艦、能動探査音！」

先ほどより大きなピンガーの音が聞こえてきた。

「敵駆逐艦二隻、伊一七四のいる方向へ転舵！」

「むう……」

ここまで来れば、小松にもわかる。

伊一七四は、自らを囮にして旗艦を逃がそうとしているのだ。

そして今の小松には、それを止める手だてはない。

「水深八〇に到達」

潜航深度は予定の深さになったが、まだ全力退避の時間は過ぎていない。

しかし伊七艦長は、意を決して命令を下した。

「機関停止。以後は海流に身を任せる」

オアフ島西岸では、いまの時間、南西方向へ時速四ノットほどで海流が流れている。

すでに海底までは八〇〇メートルほどあるから、海中係留状況での座礁はありえない。

このまま、忍者になって逃げきる。

それが伊七艦長の決断だった。

三

九月二三日未明　オアフ島西岸

「被害は受けたが、まだやれる！」

ここは第2任務部隊の旗艦となっている、戦艦サウスダコタの艦橋。

長官室から艦橋へもどったハルゼーは、待ち受けていた部隊参謀にむかって力強く宣言した。

サウスダコタは、完成して二ヵ月の文字通り最新鋭の戦艦だ。

建艦が開始されたのは開戦前だから、このシリーズは戦時増産計画によるものではない。そのため今年中に、あと三隻——インディアナ／マサチューセッツ／アラバマが戦列に加わる予定になっている。

ハルゼーが率いている第2任務部隊は、昨夜から未明にかけて、日本の潜水艦による二波の魚雷攻撃を受けた。

どうやら日本海軍は、オアフ島周辺に多数の潜水艦を潜ませているらしく、そのうちの二個潜水隊……おそらく八隻前後が真珠湾出口で待ち受けていた。

味方の駆逐艦の奮戦もあり、一隻の敵潜水艦を撃沈した。

しかし戦艦群も、三発の魚雷を食らってしまった。

沈めた敵潜は伊一七四潜だが、それを知っているのは日本海軍のみのため、米海軍としては撃沈ナンバーを付けて記録することになるはずだ。

二発の魚雷を左舷に受けた戦艦ミシシッピは、

右舷注水を行なったにもかかわらず浸水が止まらず、しかたなく真珠湾へ引き返した。

　一発を食らったカルフォルニアは、機関故障により速度が一八ノットまで落ちたが、こちらは数時間で一九ノットまでなら回復可能と返答があった。

　どのみち鈍速の戦艦が多数いる関係で、艦隊速度は最大二〇ノットしか出せない。

　それが一八ノット前後に低下したところで大勢には影響はない……そう判断してのハルゼーの宣言だった。

「それより敵のデカブツの位置はどうなってる？」

　質問された部隊参謀長は、目線で通信参謀を促す。

　自分に指名がきたと知った通信参謀は、慌てて手に持っていたファイルバインダーを開いた。

「二〇分前に届いたカタリナ哨戒艇からの索敵報告では、オアフ島の西北西四〇〇キロ地点を、あい変わらず二六ノットで真珠湾方向へ移動中となっています」

「所在を隠す気など最初からなさそうだな。それで、我が部隊からの距離は？」

　この質問は航行参謀に対してだ。

「我が艦隊は、昨夜の潜水艦との交戦で出鼻を挫(くじ)かれましたので、いまだに真珠湾からは二〇〇キロしか離れていません。

　ですので彼我の距離は残り二〇〇キロ……現在の我々の速度は最大で一九ノット弱しか出せませんので、相手の速度を加算すると、おおよそ三時間あまりで接敵となります」

「完全に太陽が上がってからの海戦になるだと？　日本海軍は夜戦が得意だと聞いていたが……。まあいい。そっちがその気なら、こちらも合わせてやる。

まずは潜水艦のお返しだ。ハワイの艦隊司令部に連絡して、真珠湾にいる陸軍と海軍の航空隊から、航空攻撃隊として、いますぐ出せるだけ出すよう要請しろ。

陸軍航空隊も敵艦隊の状況を気にしてたから、おそらく朝一番での出撃を予想して爆撃隊を待機させてるはずだ。

それからスプルーアンスの空母部隊には、まだ出撃するなと伝えろ。ミッドウェイでの戦いから見て、敵艦隊の周辺には、間違いなく敵の主力空母部隊が潜んでいる。

まだカタリナが見つけていないところを見ると、あまり近くにはいないようだが……味方の索敵機が敵空母部隊を見つけるまでは、スプルーアンスに出撃させるわけにはいかんのだ」

ハルゼーの戦術が、いろいろと見えてきた。

迫り来る八島部隊に対して、まずは航空攻撃を仕掛ける。

これは正道すぎるほど正道の選択肢だが、ハルゼーはそれにスプルーアンスの航空部隊を使う気はなさそうだ。

あくまで味方空母部隊の第一撃は、敵機動部隊を潰すのに使う。

しかも奇襲攻撃でなければならない。

なぜなら、スプルーアンス率いる第7任務部隊には、正規空母エンタープライズ／ワスプの二隻がいるものの、その他は護衛空母ボーグ／カード／ロングアイランド／チャージャーの四隻となっている。

どうしても航空戦力が欲しいハルゼーが、渋るスプルーアンスを拝み倒して納得させたのだが、護衛空母群が最大で一八ノットしか出せないため、とても空母機動部隊とは言えない代物になっている。

たしかに航空攻撃は可能だ。

しかし、その後に遁走する足がない。

もし八島を優先して航空攻撃したとして、その時、日本の空母部隊が近くに潜んでいたら……。

結論として、とても逃げきれない。

無理をして回してもらったワプス、無理をして修理して出撃させたエンタープライズ。

どちらもなけなしの正規空母だから、ここで失うわけにはいかない。

そう考えて、日本の空母部隊の所在が判明するまでは、徹底して秘匿するつもりなのだ。

「ただちに伝えてきます！」

通信参謀が二通の電文を速攻で仕立てると、足早に戦艦サウスダコタの艦橋を去っていく。

ハルゼーは、すぐさま参謀長に視線を移した。

そして大声で怒鳴る。

「いまのうちに戦艦群を二列縦陣に組みなおせ。第一列がテネシー／サウスダコタ／オクラホマ／カルフォルニア／ニューメキシコの順番だ。テネシーを先頭艦とするAフォーメーションを選択する。

第二列は、ミシシッピ／ペンシルバニア／アリゾナ／ネヴァダ／アイダホの順番だ。第二列はAフォーメーションに基づき、第一列の左舷側へ位置し、その後は第一列と並走する。

第一列は俺が指揮する。第二列は戦艦群司令官のノーマン・スコットに任せる。重巡群は単列縦陣で戦艦第一列の右舷側に位置しろ。

軽巡と駆逐艦は駆逐隊を四個編成し、二個ずつ陣形の左右外側に移動して対潜駆逐行動を開始しろ。なお駆逐部隊は敵艦隊との海戦が開始したら、そのままの構成で敵旗艦に対し砲雷撃突入を実行しろ。以上だ」

　ハルゼーが命じたAフォーメーションは、いわゆる多重縦陣だ。

　これは通常、砲門数に優る味方が少数の敵に対し、挟み込むように各縦陣を動かして殲滅する陣形である。

　しかし、今回の命令は意味が違っている。

　たしかに八島部隊は、戦艦一隻と護衛駆逐艦のみの少数部隊だ。

　しかし、八島一隻だけでハルゼーの持つ全戦艦の戦力を陵駕している。

　そこで各縦陣を八島の左右へ移動させ、ひとつの縦陣がすれ違いざまに砲撃を仕掛けて遁走するあいだ、残りの縦陣は八島の反対側から牽制射撃を行ないつつ、すれ違う機会を探る……。

　ようは、味方が生き残る最善策を模索するための陣形なのだ。

　なんとしても八島の短所を掴み取りたい……。

　そんなハルゼーの気持ちが透けて見えるような策だった。

「ただちに各群へ通達します！」

　参謀長自ら発光信号所へと向かっていく。

　ハルゼーの部隊では、参謀部の中での序列など関係ない。

　長官であるハルゼーの命令があれば、誰であれ自分の足で走ることを強要される。

　それが元でハルゼーと仲違いした参謀長もいるくらいだ。

「スプルーアンスの報告によれば、敵の旗艦は馬鹿げた大きさだというが……いくらでかくても、ウドの大木では戦うには不便だろう。こちらが鈍速でも、敵が小回りできないなら戦いようはいくらでもある」

　問題は、報告にあった馬鹿げたサイズの巨大主砲だ。四〇センチ砲搭載の戦艦が、主砲塔と檣楼を吹っ飛ばされたというんだから、その破壊力は尋常じゃない。やはり海戦になったらスプルーアンスに航空攻撃させるか……いいや、それは敵空母部隊の脅威を払拭してからだ」

今度の発言は独り言なので、誰も口を挟まない。

しかし独り言の途中でいきなり閃き、命令が飛び出してくることは良くある。

そのため残りの参謀は緊張した面持ちのまま、じっとハルゼーの独り言に耳を澄ますしかなかった。

*

「第二空母艦隊・第三空母艦隊とも、我が艦隊の後方四五〇キロで発艦待機中です」

八島の艦橋にもどった山本五十六は、まず最初に航空参謀の報告を聞いた。

それにしても……。

八島艦隊の後方四五〇キロとは、ずいぶん下がった位置だ。

そこは、おおよそミッドウェイ島とオアフ島の中間点——オアフ島から八九〇キロ地点にあたる。

もし敵空母部隊を発見即攻撃するなら、あと三五〇キロほど前進しなければならない。

もっとも……。

日本側もまだ、アメリカ側の空母部隊を発見していない。

したがって、この後方待機状況は、敵空母部隊を意識してのものではない。

八島の後方四五〇キロという位置は、八島の直掩を万全に行なうことが可能で、しかも三時間後に会敵する予定の敵戦艦部隊へ、やろうと思えば航空攻撃を仕掛けられるギリギリの距離を思案した結果なのだ。

報告を聞いた山本は、航空参謀に笑顔で答えた。

「今日いっぱい、空母航空隊の出番はない。もちろん全力で直掩支援は行なってもらう。そのための後方待機だ。たとえ敵空母部隊が攻めて来なくとも、この距離なら必ずオアフ島の陸上航空隊が出てくるからな。

二個空母部隊の直掩支援……半数出撃としても八〇機が、常に八島の上空に張りついてくれる。これに後方三六〇キロにいる支援隊所属の鳳翔／龍驤からも半数で三〇機。

そして八島が搭載している艦戦の半数一二機を加えると、八島の上には一二二機もの艦戦が乱舞することになる。

これだけの数の艦戦がいれば、敵の航空攻撃隊……とくに陸上航空隊なら怖くない。むろん八島単体でも、未曾有の数の航空攻撃隊でもないかぎり、楽勝で耐えられる。

たしかに被害は受ける。しかしその被害は、早ければ数時間で完全修復が可能だ。砲座や機銃座の損壊などは一日程度が必要だが、重層パネルの交換は残骸撤去のほうが時間がかかるくらいだから、補修隊の能力は抜群に良いと思っている。

さすがに喫水下の魚雷被害は艦を安全に停止させる場所が必要だが、今回、ミッドウェイに待機中の輸送隊に伊豆型特殊工作輸送艦二隻が駆けつけてくれたから、停止さえ出来れば、これまた一両日中にはバルジ外装ブロックの交換が可能だ。

しかし……被害は受けないに越したことはない。それに、やってきた敵航空隊を対空射撃だけで落とすのは難しいから、結局のところ大半は見逃してしまう。どうせなら再出撃する気力もなくなるくらいの大被害を食らわしてやり、今後の戦闘を楽にしたい。そのための直掩隊だ」

山本はいま、航空参謀に対する雑談の形をとって喋っている。

しかし宇垣参謀長以下の全参謀が、その声にじっと聞き入っている。

つまりこれは雑談に見せかけた、命令する大前提の説明なのだ。

「あと二時間ほどで敵打撃部隊との接触となりますが……その前に敵航空隊の攻撃が予想されますので、GF司令部は全員、艦内司令室へ移動して頂きます」

山本の話を聞いた上で、宇垣纏が口を開いた。

ところで……。

いま宇垣は、司令塔ではなく司令室と言った。

そう……八島には、戦艦に常備されている檣楼基部の司令塔が存在しない。

かわりに絶対防御区画内の艦橋直下区画に、三〇センチ装甲で上下左右前後を囲まれた司令室が存在する。

つまり八島の司令室は、中甲板装甲三〇センチと中甲板天井の三メートル厚・鋼筋コンクリート構造に加えて、さらに三〇センチの装甲を与えられているのである。

これらの理論的な防御能力は、八島主砲弾を一〇〇〇メートル以内で直撃させても耐えられるとなっている。または艦橋基部に、上空八〇〇〇メートルから投下された二トン徹甲爆弾の垂直直撃にも耐えられる（もしくは四〇〇〇メートルから投下した三トン徹甲爆弾も同様）。

まさに司令室は鉄壁の城である。

「ああ、今回は派手な砲撃戦になりそうだから無理はしない。艦橋は八島の幹部たちに任せよう。もっとも……司令室でも操舵と速力指示はできるから、最悪、檣楼が吹き飛んでも艦隊指揮と操艦は可能だ」

八島の前代未聞にでかい檣楼が吹き飛ぶなど、

本当にそのような事がありうるのだろうか。

比較的防備の薄い檣楼と艦橋だが、それでも重層コンクリート板を檣楼骨格に三層張りつけてあるので、既存の鋼鉄板で換算すると二五センチ装甲なみの防御力は持たせてある。

ただし既存の装甲と違い、こちらは『破壊防御』の思想に基づいているため、命中した部分は割れて吹き飛んでしまう。あくまで重層コンクリート板は、破壊されることで爆発エネルギーを吸収する方式のため、壊れたら交換する大前提の防御手段なのだ。

つまり戦艦主砲なら三二センチ四五口径砲弾の中距離射撃までなら弾きかえし、四〇センチ砲弾でも部分被害に留まる設計となっている。

ということは、檣楼の一部が吹き飛ぶような事態とは、少なくとも四〇センチ五〇口径以上の直撃を想定しているということだ（これは徹甲爆弾に換算すると、八〇〇キロ爆弾の四〇〇〇メートルからの急降下爆撃に相当する）。

つまり現状の米海軍を鑑みると、完全に机上の空論……。

山本の話を聞いた参謀たちの顔には、そう疑問が浮かんでいる（現在建艦中のアイオワ級は四〇センチ五〇口径だが、まだその情報は日本へ伝わっていない）。

しかし山本は常に、考えられる最悪の事態を想定して連合艦隊を指揮している。

そのため、いまの発言も想定内の出来事ということになる。

「では宇垣、先ほどの話を命令にまとめて、全部隊に打電してくれ」

八島部隊は、まったく無線封止を行なっていない。

レーダーも二四時間、稼動しっぱなしだ。

これでは敵に知ってくださいと言っているようなものだが、そもそも八島の存在価値からして『身元を明かして囮になる』なのだ。

これは北太平洋作戦を立案した時からの基本方針である。

蛇足だが、二個空母機動部隊のほうは、いまも完全に無線封止状態だ。

あちらは八島からの通信を聞くだけで、もし緊急事態で連絡しなければならない場合には、水偵か艦上機を使った通信筒連絡となっている。

「さて……もう少し時間があるな。朝食でも食べに行くか」

あと二時間弱で接敵。

下手をすると、いまこの瞬間に敵航空隊が飛来してもおかしくない状況というのに、山本は余裕を見せつけている。

いや……。

これは明らかに演技だ。

八島は被害必至の囮艦、かつ被害担当艦。

それゆえに、いったん戦闘に入ると人的な被害も積み重なっていく。

戦えば自分自身が傷つく可能性が、他の艦より格段に高い。

これまで様々な状況を想定して猛訓練してきた者たちだけに、自分たちの置かれている状況がいかに熾烈なものかは知り尽くしている。

その結果、気力が萎えたり落ち込んだりする者が出てくる。

それを少しでも回避しようと、山本はある意味、無理にでも虚勢を張っているのである。

ただし、虚勢といっても嘘を言っているわけではない。

八島の絶大な防衛能力を確信した上で、部下にもそれを信じて欲しいと願っているにすぎない。

そしてそれは、すでにミッドウェイの戦いにおいて証明されている。

「食事を終えられましたら、そのまま司令室へ向かってください。これより艦橋を八島幹部に引きつぎますので」

どうせなら、いまのうちに用意を整えておこう。

用心深いこと天下一品の宇垣らしい徹底ぶりだ。

宇垣としても、同じ絶対防御区画内にあるGF司令部専用の食堂であれば、敵航空隊の急襲があっても、余裕で司令塔へ安全に移動できる。だから、無理に山本を止める必然性はないと思っているらしい。

かくして……。

太平洋における最大の戦いが、いま始まろうとしていた。

四

九月二三日午前八時八分　オアフ島西北西海域

真珠湾から二八〇キロ。

これがハルゼー率いる第2任務部隊の現在位置だ。

三時間の航行で、たった八〇キロしか移動できなかった。

「本艦の水上レーダーが、敵旗艦と思われる巨大な陰影を捉えました!」

レーダー室からの電話連絡を戦闘参謀が中継する。

ほぼ同時に、通信参謀が電文を片手に戻ってきた。

「ハワイの陸軍ヒッカム航空基地から、戦闘爆撃隊七二機が出撃したと報告が入りました。内訳は四発重爆一六機／双発爆撃機二四機の合計四〇機。護衛の双発戦闘機が三二機となっております。

また、これとは別にフォード島海軍航空基地から、F4F二四機、SB2Uビンジケーター二四機を出撃させたと報告がありました。陸海双方の攻撃隊は連動しないため、あくまで二個攻撃隊として機能するということです」

「いつ出撃させたんだ？」

肝心なことを報告しなかった通信参謀に、ハルゼーの怒声が叩き込まれる。

「まもなく……数分以内に本艦隊上空へ到達するはずです。そもそも会敵時刻に合わせて出撃したとのことでしたので」

「それを早く言え。どうやら陸上航空隊との同時攻撃が可能になりそうだな。ハワイへ不用心に近づけばどうなるか……それを見せてやろうじゃないか！」

「長官……部隊司令部要員は、司令塔へ入って頂けませんか？」

威勢のいい声を張りあげたハルゼーに対し、部隊参謀長が心から申しわけなさそうに嘆願した。

「う、うむ……しかたがない、ここは進言に従おう。みんな、行くぞ！」

ハルゼーとしては、このまま艦橋で采配を取りたいと思っていた。

だが、さすがに部隊長官ともなると、そうもいかない。

多重縦陣を最後まで機能的に稼動させるためには、どうしても途切れのない綿密な命令を出す必要がある。

機動命令を出せるのは部隊司令部だけだから、そこが真っ先に潰されると組織だった戦闘ができなくなってしまうのだ。

ハルゼーの号令で、部隊司令部の面々が檣楼エレベーターへと向かう。

この時、彼我の距離四一キロ。

サウスダコタのレーダー位置から見ると、水平線から八島の馬鹿高い檣楼上部が少しだけ飛び出て見える距離だ。それでいて巨大陰影というから恐れ入る。

並みの艦なら、まだ水平線の向こうに隠れている。

直後……。

サウスダコタが二番艦を務める戦艦第一列の至近距離に、高さ二〇〇メートル近い一本の水柱が立ちのぼった。

これは四一キロ彼方からの、八島主砲による測距射撃である。

たった一発の測距射撃が命中することはまずない。

それでも米戦艦からすれば、大幅なアウトレンジ射撃となる。

最新鋭のサウスダコタが持つ主砲は、Ｍｋ２・一六インチ四五口径砲だ。

この主砲の有効射程は四〇・九キロ。

つまり八島は、こちらの有効射程ギリギリから撃ってきたことになる。

まるで挑発しているかのような態度……。

八島の六四センチ四五口径主砲の有効射程は、なんと五四キロ。

ただし五四キロもの遠距離だと、目標は完全に水平線の彼方になる。

したがってこの距離は、航空機による着弾観測を基本としたもので、光学照準では砲撃が不可能となる。

先ほどの測距射撃が四一キロだったのも、八島の檣楼トップにある四〇メートル大測距儀が水平線の上に出たため、ようやくハルゼーの部隊を視認できたからだった。

「……なんだ？」

着弾した時、ハルゼーたちはエレベーターの中にいた。

なのに砲弾が海中で爆発する衝撃が、エレベーター内にまで伝わってきたのだ。

「敵戦艦の主砲弾が着弾した衝撃かと」

それ以外に考えられないと、進言した参謀長の目が物語っている。

「かもな。ここにいる誰も、巨大戦艦の主砲射撃を実体験した者はいない。もしここにフレッチャーがいれば、少しはマシな説明もできただろうが……」

ミッドウェイ沖で戦ったフレッチャーは、旗艦ワシントンを沈められたものの、辛うじて退艦できた。

そののちは重巡ビンセンスに移乗して戦いを指揮したが、大敗北となった海戦の責任をとって、いまは司令部で無任の提督として過ごしている。

「合衆国海軍は、平和な時が長すぎました。平時は軍規が最優先されますが、有事は違います。負けた提督をいちいち解任していたら、いつまでたっても戦訓など溜まりません」

フレッチャーは解任されたが、スプルーアンスも一緒に戦ったのに責任を取らされていない。

これはフレッチャーが二個任務部隊をまとめる作戦長官だったため、部下となるスプルーアンスの責任も背負ってしまったせいだ。

「スプルーアンスは、なんとか俺が動いて出撃させたが、あいつは空母部隊を指揮していたから、直接的には巨大戦艦を見たわけじゃない。あくまで生き残った航空隊員からの報告を聞いて、間接的に知っているだけだ。

　だが、これから始まる戦いには、どうしても直接戦った者の意見が必要になる。なのに俺は、それを手に入れていない……まあ、それがなくても、なんとか戦って見せるけどな」

　最後になって、ようやくハルゼーらしい強気の発言が出た。

　そうこう話しているうちに、エレベーターが司令塔後方にある出入口に到着した。

　ハルゼーは率先して、駆け足で司令塔に入る。

　するとそこには、通信室からの連絡兵が待ち構えていた。

「陸軍航空隊、上空に到着！　このまま敵艦隊を攻撃するそうです‼　海軍航空隊は、北からまわりこんで急降下爆撃を実施するそうですので、あと数分かかりそうです！」

　ようやく……。

　待ちに待った報告が届いた。

「よし、俺たちも動くぞ！　第一列は巨大戦艦の右舷方向へ突進。第二列は左舷方向へ突進。いずれも最終的には八キロの間隔ですれ違う。駆逐隊は、左右それぞれ二個隊ずつ、戦艦群の列に先んじて突入。まずは現場を引っ掻きまわし、ありったけの魚雷をぶち込んでこい！

　重巡群は第一列の護衛をしつつ、敵駆逐隊の突入を阻止することに専念しろ。間違っても巨大戦艦に対抗しようとは思うな。それは二個戦艦群が引きうける。

　敵艦隊は、これから陸海軍の陸上航空攻撃隊による爆撃で、おそらく防衛がおろそかになる。それを見逃すな！　では全隊列、全速前進、突っこめ‼」

　ハルゼーは無意識のうちに、司令塔に備えつけられている連絡用マイクを手に取っていた。

　いまの命令は、通信室と信号指揮所へ伝えられるべきものだ。

　なのにマイクの切り換えスイッチは、通信室には繋がっていたが信号所には繋がっていない。

「通信室より艦内電話で連絡。長官命令をただちに各群旗艦へ通達します。以上です！」

　司令塔にある艦内有線電話を取った参謀長が、反射的に返ってきた通信室からの声を受け止めていた。

「あ……それでいい。それから、念のため発光信号所にも連絡するよう命じてくれ。ともかく最速で動くぞ！」

　そこまで言うと、ハルゼーは司令塔内にある長官席に座った。

＊

　ほぼ同時刻……八島。

「敵航空隊に対し、味方直掩機が迎撃に出ます！」

　後方にある司令室ハッチを抜けて、伝令が走りこんできた。

　司令室にある椅子に腰掛けている山本五十六に、耳が痛いほどの大声で報告する。

　八島の艦内深くにある司令室では、まったく外の様子が伺えない。

　そのため各観測所直通の有線電話（ただし交換所がないためインターフォンに近い）からの報告と、漸次（ぜんじ）飛びこんでくる伝令によって状況を把握している。

　そうでもしないと、万が一の場合、司令室で操舵することができないのだ。

　当然、目を瞑って艦を操るようなものなので、まともな操艦は無理だ。あくまで操舵艦橋が全滅したり操舵不能になった場合の、最後の手段として用意されたものである。

「通信参謀。通信室に命令を伝えよ。八島の直掩は鳳翔／龍驤に任せ、空母機動艦隊の直掩機は、敵の爆撃機を撃墜することに専念せよ。以上だ」

鳳翔と龍驤あわせて、直掩の零戦は三〇機。

やや心許ない数だが、どのみち艦の直上は対空射撃エリアのため立ち入り禁止だ。

そこで第一／第二空母機動艦隊から来てくれた零戦たちには、へたに八島に張りつくより、敵の爆撃機を積極的に狩るよう命令を出したのである。

――ドンドンドン！

何重にも及ぶ分厚い装甲やコンクリート壁を通して、やや甲高い対空射撃の音が聞こえている。

この音は一〇センチ五五口径連装高角砲の音だ。

八島には一二センチ四五口径連装両用砲も搭載されているが、両用砲はどうしても発射速度が遅くなる。しかも四五口径のため最大射高も低い。

そこで高空における対空射撃のメインを一〇センチ砲に任せることになった。

低空を担うのは機関砲と機銃の役目だ。

このうち最大の三〇ミリ連装機関砲は、射高三〇〇〇メートル。つまり三〇〇〇メートル以上の空は対空砲の分担となっている。

――ズン！

どこかに被弾した。

巨大な八島は微動だにせず航行を続けているが、音だけは伝わってくる。

「敵艦隊との距離三五キロです」

宇垣参謀長が腕時計を見て、計算だけで彼我の距離をたたき出している。

「主隊、左舷転舵二五度。敵艦隊を右舷前方に据えつつ、全主砲および副砲で片舷射撃を実施せよ」

実質的には八島単艦に対する命令だが、山本はあえて艦隊命令として八島の転進を命じた。

周囲にいる直衛の駆逐艦は、八島の転舵に合わせて動く。

そのため八島さえ動かせば、主隊すべてが動くことになるのだ。

八島部隊は、左舷側へ進路を向けている敵戦艦列の頭を抑える行動に出た。

それは、もうひとつの右舷側にいる敵戦艦列に対して、右舷斜め前の位置に移動することを意味している。

二個の敵戦艦列に挟まれ、すれ違いざまに両舷集中砲撃を食らうくらいなら、まずどちらか一方を先に始末するべき……。

そう山本が判断した結果だった。

＊

同時刻、米陸軍航空攻撃隊。


『高度二〇〇〇。これより爆撃進入態勢に入る。目標は、あのデカブツだ！』

ヘッドホン越しに、B－17機長――ロック・ブライアン大尉の声が届いた。

第5爆撃隊に所属するB－17部隊。

それが今、爆撃手のネイマン・フォワード軍曹が所属している部隊だ。

他にも第7爆撃隊に所属するB－25や、第10爆撃隊に所属しているB－26もいる。

だがそれらは、高度二〇〇という低い位置からの水平爆撃を行なう予定になっているため、ブライアンのいる編隊の近くにはいない。

「爆撃準備は完了してます。いつでも落とせます」

フォワードの乗る機は、一番編隊一番機となっている。

つまりブライアンは、編隊長兼B－17爆撃隊長を兼任していることになる。

本来なら四個編隊一六機をまとめるのに忙しいタイミングだが、機長としての役目もしっかり果たしているようだ。

――ドン！

すぐ近くで高射砲弾が炸裂した。

しかし断片被害はないらしい。

『まもなく敵艦上空!!』

爆撃進入態勢に入ると、速度と高度は一定、進路変更不可となる。

真っ先に爆撃する一番機が狙われやすいのは当然だ。

「照準捕捉。投下まで3、2、1、投下！」

今回B－17部隊は、一〇〇〇ポンド徹甲爆弾（約五〇〇キロ）八個を搭載してきた。

それを二発ずつ順番に落としていく。

――バーン！

通常の高射砲弾の炸裂音とは違う、耳にさわるような炸裂音が聞こえた。

「二番機、被弾！　花火みたいな炸裂に当たりました！」

上部回転銃座にいるオズワルド一等兵が、見たままを報告する。

立て続けに声が流れる。

「二番機……落ちます！」

一発の高射砲弾で、空の要塞（フライングフォートレス）が落ちる……。

それはありえない報告だった。

「機長、爆撃終了です！」

無事に大量の爆弾を落としたフォワードが、焦った声で報告する。

『了解。これより回避コースを取る。二番機を殺ったのと同じ炸裂は、本機の右前方でも確認できた。どうやら新型の炸裂砲弾らしい。あんなのに当たったらイチコロだ。逃げるぞ！』

爆撃機は、爆弾を落としたらトンズラするのが決まりだ。

だが、それを許す日本軍ではない。

——ドドドドドッ！

いきなり上部旋回機銃座にある一二・七ミリ連装機銃が射撃を開始した。

その直後。

——バン！

フォワードの座っている場所のすぐ後の壁に、直径一五センチはある大きな穴が開く。

穴から空気がなだれ込み、耳障りな風切り音を奏ではじめる。

敵戦闘機に狙われている！

フォワードの背に、ひやりとする何かの感触が流れた。

「胴体前部右翼側に被弾！」

フォワードの声と重なるように、またひとつ大穴が開く。

「右翼二番エンジン、被弾炎上！」

『消火！』

ここまで至ると、機長も余裕がなくなってくる。

果敢に襲いかかってくる日本海軍の艦戦は新型だ。

戦前に確認されていた九六式ではなく、まったく新しい機種に見える。

無骨だった九六式とは違い、繊細と表現したほうが良さそうな流麗な機体は、見るからに高性能を発揮しそうだ。

そして脅威は、両翼から放たれる大口径機関砲——おそらく二〇ミリはあるだろうが、それを容赦なく撃ってきている。

中には機首に装備している小口径機銃で挑んでくる機もいるが、まるで効き目がないとわかると、すぐに両翼の大口径に切り変えているようだ。

しかしブライアン機長が確認できたのは、ここまでのようだった。

『副機長！　二番エンジンの燃料をカット……‼』

フォワードのヘッドホンを通じて聞こえていた機長の声が、突然途絶える。

同時に、前方からガラス混じりの突風が吹いてきた。

「うわっ！」

おもわず目を腕でかばう。

その腕が妙に右上へ傾いて見える。

いや……。

腕が傾いているのではなく、機体が傾いていた。

「機長！　機体が傾いてます！」

マイクを握り締めて叫ぶ。

だが返事はない。

「機長！　うわー‼」

次の瞬間、機体が錐揉み状態になり、被弾した右翼が千切れ飛んだ。

同時に、胴体に開いた複数の穴の部分から亀裂が広がっていく。

もうだめだ……。

そう感じたフォワードは、諦めて目を閉じた。

＊

「右舷前方の三番副砲天蓋、二番主砲天蓋、左舷中央部第二上甲板、以上の三ヵ所に大型爆弾が命中！」

いまの報告は、艦橋にいる連絡員が直通電話で艦務参謀に連絡してきたものだ。

先ほどから連続して聞こえてきた爆発音と微振動からして、敵艦爆が落とす二五〇キロ徹甲爆弾とは威力が違うものが命中したらしい。

「被害の程度は？」

山本五十六は、まったく動じた様子を見せない。心底から八島の性能を信じているようだ。

「主砲と副砲天蓋の命中弾は、いずれも装甲が弾きました。しかし最外層の重層板は割れた模様です。第二上甲板のものは、二〇センチ連装砲塔一基に被害が出ている模様です」

「ううむ。主砲と副砲の天蓋は、二トン徹甲爆弾の四〇〇〇メートルからの投下に耐えられる設計だから弾いて当然だ。しかし第二上甲板は当たり所が悪かったな。二〇センチ砲塔はでかいから、修理に時間が掛かりそうだ。参謀、どれくらいで交換できる？」

山本から質問された艦務参謀は、直立不動の姿勢のまま答えた。

「被害の仔細が判りませんので断定はできませんが……砲塔丸ごと取りかえるとなると、回転砲座基部、回転機構、砲、砲塔各部それぞれを艦内倉庫から搬出し、それを残骸を撤去した現場で組み立てる必要がありますので、突貫作業だと……およそ三日ほど必要になるかと」

艦務参謀は、もっとも時間が必要な『総交換』の日数を提示した。

他の艦なら港にもどって部材を運びこみ、クレーンで所定位置に持っていった上で再設置するのに、どう急いでも二週間はかかる。

しかも、港までもどる期間は含まれていない。

それに比べれば、八島の復旧速度は世界の常識を逸脱していた。

「仕方がないが、それでいい。ともかく八島はこのまま進むから、戦闘中は作業しないよう厳命するぞ。多少遅れても、補修隊を失うよりかはマシだ」

「補修隊の連中は、一秒でも早く修理できるなら、銃砲弾の雨すら気にしない猛者ばかりですので……しっかり言い聞かせておきます」

八島でもっとも勇猛なのは補修隊。

二番めが、露天で最低限の防弾盾しかない二五ミリ連装機関砲座担当……。

これは常に爆撃の危険にさらされている上甲板要員も認める真実である。

「彼我の距離、二八キロ！　敵戦艦部隊は二手に分かれて進撃中。どうやら我が艦隊を挟み撃ちにする模様！」

「檣楼右舷観測所より連絡！　本艦の右側にまわりこんだ敵重巡四隻に対し、右舷の四六センチ副砲弾が命中！　砲弾が命中した重巡は二つにへし折れて沈没中‼」

直通電話に出ていた司令室要員が、興奮した様子で大声を出した。

副砲といっても、廃案となった大和型主砲と同サイズの巨砲だ。しかも大和型は四五口径の予定だったが、こちらは五〇口径である。

だから、やや型の古い米重巡なら轟沈しても不思議ではない。

——ズドドドドドドン！

爆弾が命中した音とは比べものにならない重低音。

それが連続して聞こえてきた。

同時に、八島の巨体が大きく左舷側へ傾く。

「主砲全門斉射は、相模湾での演習以来だな」

八島の左舷転進が終了し、ようやく四基ある主砲すべてが射撃可能になった。

すでに測距は済ませてあるから、いきなりの全門斉射である。

六四センチ四五口径主砲の爆風は、一〇〇メートル以内を飛んでいる艦戦を撃ち落とすと言われている。

むろん近くの甲板に人間がいれば、爆圧で皮膚と筋肉が千切れ飛び、内臓すべてを周囲にぶちまけて即死する。

そのため主砲塔に近い二五ミリ連装機銃座や一二・七ミリ単装機銃の要員は、一時的に、背後にある対爆ハッチに飛びこんで安全を確保しなければならない。

「直掩零戦隊、順調に敵機を撃墜している模様です。ただ、護衛で付いて来た米陸軍のP－38の突入射撃が激しく、味方艦戦も何機か落とされているようです」

P－38は、格闘戦になれば零戦の敵ではない。

しかし一撃離脱を狙って高速で突っ込み、強武装の二〇ミリ一門／一二・七ミリ四挺を連射されると、華奢な作りの零戦は簡単に落ちてしまう。

「鳳翔／龍驤の直掩機に、敵に突入させるなと命令を伝えますか?」

見かねた航空参謀が、山本に意見を求めてきた。真っ向から戦いを挑まず、意識して避けながら格闘戦に持ちこむ。

これさえ徹底すれば、それほど恐い相手ではない。

「任せる。先は長いから、一機でも多く生き延びさせろ」

山本の許可を得た航空参謀は、あきらかにホッとした表情で、通信室への直通電話のある場所へ走っていく。

「そう……まだ先は長い。こんな所で八島が足踏みすることは許されないのだ」

つい漏らした山本の独り言。

それは八島に科せられた運命を如実に物語っていた。

五

二三日午前九時一〇分　オアフ島西北西海域

「航空攻撃隊、爆撃終了につき帰投するとのことです」

戦艦サウスダコタの司令塔にいるハルゼーの元へ、通信室からの連絡が入った。

「航空参謀。たしかハワイから来た攻撃隊には、海軍の艦爆もいたよな？」

通信参謀の報告を無視するかのように、ハルゼーは航空参謀へ質問した。

とはいえ、ハルゼーがこのような態度を示す時には、それなりの理由がある。

そのため無視された通信参謀も、なにかあるんだろうなといった顔で見守っている。

「はい。ＳＢ２Ｕが二四機います」

「陸軍の爆撃機は水平爆撃しかできんから、狙って当たる代物じゃない。となると頼みは海軍の艦爆なんだが……二四機出して何発当たった？」

今度の質問は戦果に関することだから、航空参謀に答えられるものではない。

当然、情報を持っている通信参謀に向けられた質問だった。

「まだ確報ではありませんが、海軍航空隊からの通信では二発が命中となっています。それから陸軍航空隊からの戦果に関する第一報では、目視確認で六発が命中したそうです。あっと……いずれも敵の巨大戦艦に対するもので、敵駆逐艦に対する命中報告はありません」

「陸軍が六発も当てたというのに、海軍の艦爆が二発だけだと⁉」

予想が外れたことで、ハルゼーは怒声をあげた。

「陸軍で戦果を上げたのは中高度進入したB－17部隊です。低高度進入した双発の爆撃隊は、恐ろしいほどの機関砲弾を受けて、二四機中の一八機に大被害を出してしまいました。

しかも双発爆撃隊は、ほとんど爆撃地点に到達できていません。つまり完全な無駄死にとなってしまった模様です。ですから陸軍の戦果は、大被害と引替えにしたものだとお考え下さい」

なんと二〇〇メートルという極端に低い高度で進入したB－25とB－26は、あたかも散弾銃で撃ち落とされる鴨のように、あえない最期を遂げたらしい。

これまで合衆国陸軍航空隊は、水平爆撃の命中率を高めるために低高度直線進入を基本としていた。

これが演習では一番当たったのだから、それが最善と思うのも無理はない。

だが実戦では、そこに敵艦がいる。

敵艦は猛烈な対空射撃を射ちあげてくるため、演習のようにはうまくいかない。

このような基本的事項ですら、平時の米陸軍では見過ごされていたのだ。

その時。

――ゴバッ！

凄まじい振動とともに、サウスダコタが激しく左舷側に揺れる。

「な、なんだ？　命中したのか？」

航空攻撃隊は撤収したが、まだ艦隊戦は続いている。

それを再認識させるような衝撃だった。

「本艦右舷五〇メートル付近に至近弾！　右舷の非装甲設備に被害発生！」

檣楼上部の観測所に通じる伝音管に噛（かじ）りついている担当兵が、大声で報告する。

「五〇メートルも離れているのに、これほどの衝撃を受けたとなると……間違いなく敵艦の主砲弾だよな？」

ハルゼーの目は参謀長を見ている。

「断定はできませんが、おそらくそうかと。ただ敵艦は、四〇センチを越える副砲も多数搭載している模様なので、その砲弾の可能性もあります」

「まったく馬鹿げたバケモノだな。副砲ですら我が軍の最新鋭戦艦の主砲を陵駕しているんだから……そうそう、話が途中だった。それで航空参謀、なんで海軍の艦爆のほうが命中してないんだ？」

敵艦の主砲だろうが副砲だろうが、あの様子では、直撃したら無事では済まない。

司令塔にいる身では細かい指示は出せないから、すべてを艦橋スタッフに任せて耐えるしかない。

そう考えたハルゼーは、あえて話を戻すことで余裕を見せることにした。

「それが……フォード島にあった艦上爆撃機は、ほとんどが旧式機か性能の落ちる機種のみでしたので、ＳＢ２Ｕも本来の役目は訓練用となっておりました。

それを急遽、実戦に駆り出したわけでして……なのでドーントレス並みの戦果を期待されても困ります。実際、海軍航空隊の報告では、一〇機以上が撃墜されたとなっています」

「むう……開戦前は、たしか正規空母にもＳＢ２Ｕが搭載されていたと記憶しているが、そこまで役立たずだったか」

そういえばと言った表情で、ハルゼーが思い出す素振りをした。

開戦と同時に、ハワイにいる正規空母すべての艦爆がドーントレスに変更された。

ハルゼーが聞いた報告では単なる装備更新となっていたが、裏の事情では切羽詰まっての処置だったようだ。

　そこで正規空母から降ろされたＳＢ２Ｕが、そのままフォード島の海軍基地に残され、現在は爆撃訓練機として利用されていたらしい。

　——ドウッ！

　音なのか気圧の変動なのか判別できない、物理的な圧力を有する轟音が、なんと密閉状況に近い司令塔の中にまで届いていた。

　ふたたび伝音管の担当兵が声を張りあげる。

「戦艦アリゾナに命中弾！　一番主砲付近の右舷に命中、艦首から一番砲塔あたりまでが吹き飛んだそうです‼」

「参謀長、現在の距離は？」

　またしてもハルゼーが、質問の相手を変えた。

「そろそろ最接近距離となる八〇〇〇メートルです。これは各戦艦列と敵艦の距離ですので、我が隊列と第二列とは一六キロ離れていることになります。アリゾナは第二列に所属していますので、一六キロ先の出来事と考えますと、いまの視認報告はいささか誇張されているのではないかと……」

「おい、担当兵！　いまのは、観測所からのものをそのまま伝えたのか？」

「一字一句、違えておりません！」

　中継する際に誇張を交えたのではないかとの質問に、担当兵が憤慨したような声を上げた。

「……だそうだ。報告では吹き飛んだと断定しているから、おそらく派手に吹き飛んで、第二砲塔より前の部分が消滅したのだろう。そうでなければ、あんな報告にはならん。

　そうか……八キロか。となれば敵艦からすれば完全な水平射撃だな。直接照準だと容易に当たる距離だ。そうか、吹き飛んだか。三六センチ砲搭載の戦艦が、たった一発の砲弾で……こりゃ勝負にならんぞ」

　話の後半は、ほとんどハルゼーの独り言だった。

　それを見た参謀長が、慌てて伝音管担当兵に質問する。

「味方戦艦の砲撃もそれなりに当たっているはずだ！　それらの報告はないのか⁉」

　返事はすぐにあった。

「位置的に反対側となる第二列の着弾は判明していませんが、第一列の主砲弾は当たっています。いえ、当たっているというより袋叩きに近いです。着弾報告が煩すぎて、いちいち報告できないくらいです！」

　それを聞いたハルゼーが、ゆっくり首をねじった。

「無数の着弾があって、戦果報告はないのか？」

「敵艦の喫水線より上の部分、あらゆる場所に命中しているそうです。双眼鏡の観測では、甲板構造物や装備などに被害を与えているようですが、火災などは発生しておりません。ただひたすら着弾による粉塵飛散らしき、煙もしくは埃のようなものが漂うばかりだそうです」

「コンクリート船ということだから、コンクリが破砕されて粉塵が巻きあがっているのか？　しかしそうなると、コンクリ部分が破損したら補修には相当の時間がかかるぞ？

　敵の指揮官は何を考えているんだ？　まさかこの戦いが最後と考えて、被害無視で我々の戦艦を潰すつもりなのか？」

　八島の驚異的な復旧能力は、まだ世界にまったく知られていない。

　当然だが、いくらハルゼーが優秀でも、こればかりは知りようのない事だった。

　いまの独り言に対し、あえて参謀長が返答する。

「どういう思惑か判りませんが、ともかく敵艦は、我が軍の戦艦群の猛攻を受けてても、まったく意に介さずに航行しております。しかも敵艦の現在の速度は二四ノット前後です。

もし敵艦がすれ違ったあとUターンしてきたら、こちらの戦艦部隊は追いつかれてしまいます。そうなると一方的な追撃戦となり、さらなる被害が想定されます！」

「少しは役にたつと思っていたが……八キロの距離でも、敵艦の中枢部分には届かんのか。甲板構造物や舷側部分の破壊はできているようだが、それでは沈めることはできん。戦艦は主装甲を打ち破り、バイタルパート内に砲弾を送りこまない限り、横転以外には沈まんのだ」

「となると、我々には敵艦を防ぐ手段が……」

「いや、魚雷がある。魚雷ならダメージを与えられるかもしれんぞ。駆逐隊はどうなっている？」

「すでに第一撃を食らわして、反転退避中となっておりますが……」

「第一撃が終了？　となると魚雷は全弾外したのか？」

「いえ、命中しております。こちらで視認できる第一列所属の二個駆逐隊が、合計で四発を命中させたと報告が上がっております。ただ……雷撃するまでに、敵艦の二〇センチに相当する連装砲群に狙い撃ちにされ、二隻が撃沈されています。

これは第一列所属艦のみの報告ですので、第二列所属の駆逐艦については、おっつけ無線による報告が入ると思います」

懸命に説明する参謀長だが、報告が遅れたことは否めない。

ただ、ハルゼーもそれを問い詰めることはなかった。

「二〇センチ連装砲といえば、重巡の主砲なみだが……そんなに当たるもんなのか？」

ハルゼーの記憶では、激しく機動する駆逐艦相手だと、近距離でもせいぜい数パーセント程度となっている。

なのに四隻構成の駆逐隊のうち二隻までが沈められたとなると、到底、そのような低い命中率ではないことになる。

「いえ……命中率に関しては、我々の想定とたいして変わっていないと思います。ただ、敵艦の搭載している砲門数が多すぎるのです。観測によると、くだんの二〇センチ連装砲塔は、片舷だけで一五基から一八基ほどとなっております。

ということは、砲門数は三〇門から三六門ですので、片舷だけで重巡四隻から五隻ぶんの二〇センチ砲が搭載されている計算になります。

一門当たりの命中率を四パーセントと仮定しますと、片舷総門数だと六〇パーセントから七二パーセントの命中率となりますので、かなりの砲弾が命中したものと想定できます」

参謀長の返答は、あくまで計算上の話だ。

実際の戦闘では、その他に兵員の習熟度や天候・波の影響なども加えなければ、正確なところはわからない。

ただ、ひとつだけ言えることがある。

それは八島の常識外れな安定度である。

一二〇万トンを越える巨体で、艦の幅も九六メートルある。

そうなると、数千回に一回とも言われる巨大な合成波を除くと、一般的な波の波長を艦体が遥かに越えているため、ほぼ揺れがなくなってしまう。

これは砲を扱う者にとっては、なにより得難い利点である。

八島が直接照準で敵艦を狙う限り、照準が波の影響でぶれることはない。

そのためじっくり狙って射つことが可能で、必然的に命中率も格段に跳ねあがる。

ハルゼーたちは知らないが、八島の二〇センチ連装砲の、一門における距離八キロでの命中率は、なんと一六パーセントにまで達しているのだ。

つまり……。

実際の片舷総門数における命中率は、一〇〇パーセント以上！

ハルゼーの駆逐隊は、よく逃げ回ったと誉めるべき状況だったのである。

——バカッ！

おおよそ戦艦同士の主砲戦とは思えない、異様な轟音が連発している。

そして悲鳴のような観測報告。

「ネヴァダ、沈みます!!　重巡ペンサコラも轟沈！」

見かねた参謀長が進言する。

「長官……このままだと被害が深刻なものになります」

「そんなこと、わかっとる！　しかし、ここで退けば、ハワイを守るのはスプルーアンス部隊のみになってしまう。なんとかうまく脱出して、我々が囮になるかたちで、夕刻に予定しているスプルーアンス部隊の航空攻撃に一縷の望みを賭けるしかない」

ハルゼーの返事は、結果的に参謀長の進言を肯定するものとなった。

ただし、『なんとかうまく脱出する』方法が思いつけない。

一番肝心な部分が不明なため、それが命令となって出るまで時間がかかってしまった。

——!!

音にならない音がした。

司令塔全体が大地震のように揺れ動き、床も一メートル以上激動した。

「……があっ！」

振動で吹き飛ばされたハルゼーは、司令塔の鋼鉄製の壁に激突した。

うまく受け身を取ったつもりだったが、一瞬で意識が吹き飛ぶ。

気絶したハルゼーに、無事だった者が走り寄った。

その時、艦橋からの直通電話が鳴った。

左手から出血した参謀長が、怪我をものともせず慌てて駆けよる。

すぐに声を張りあげた。

「本艦後部、喫水付近に着弾！　艦後部が吹き飛ばされて推進力を失った。艦長から退艦要請が出た。長官の意識がないため、私の責任で総員退艦を命令する！　部隊司令部は三番艦のオクラホマに移す。部隊旗艦および隊列指揮は、オクラホマの艦長にしばらく移譲する！」

隊列二番艦のサウスダコタが航行不能になった。

となると一番艦はともかく、後続となる三番艦以降は進路を見失ってしまう。

そこで参謀長は、反射的に部隊指揮を三番艦のオクラホマへ移し、サウスダコタから総員を退避させる決断を下したのである。

最新鋭の戦艦サウスダコタは、ほとんどまともな活躍もできず、空しくハワイの海に沈んでいく。

こうなると、今年中に就役する同型の三艦も期待できない。

あとは戦時増産計画の目玉となっている新型――アイオワ級戦艦だけが頼みの綱だった。

そうこうしているうちに、ようやくハルゼーが目を醒ました。

「……どうなってる？」

「本艦の後部に直撃を受け推進力を失いました。なので総員退避およびに司令部をオクラホマに移動する旨の命令を下したところです」

「そうか……それはすまんかった。で、艦隊命令は？」

「隊列指揮に関しては、オクラホマの艦長に一任してあります。艦隊全体については、まだ出していません」

参謀長の返答を聞いたハルゼーの目に、いきなり光がもどった。

それまでは気絶の影響か、どことなくぼんやりした感じだったのだが、いきなりサーチライトの光を当てられたような、はっとするほどの変化だった。

「ええい！　第二列に至急命令を送れ‼　ただちに右舷方向へ戦列を離脱し、敵艦と距離を取って緊急退避せよ‼　その後はそのまま、全力で集合予定地点となっているB地点まで遁走しろ。下手に応戦などせず、全力で逃げろ！　これは命令だと厳重に伝えろ‼」

それを聞いた参謀長が、一瞬だが眉をひそめた。

一見すると今の命令は、第二列の戦艦群を先に逃がす命令と受け止められる。

しかし実際には、敵艦の目を第二列に集中させるための囮になれというものだ。

それを察知したからこそ、眉をひそめたのである。

しかし参謀長は、声に出して反論することはなかった。

「承知しました」

ただそれだけ言うと、通信室に繋がる電話のところへ走る。

ハルゼーが考えた苦肉の策……。

それは第二列を先に離脱させ、敵が対応に迷っている間に、今度は第一列も反対方向へ離脱させる。

結果的に、それぞれの縦陣列は末広がりの方向へ逃げることになるため、たとえ敵艦がUターンしてきても、どちらか一方を追撃するしかなくなる。

つまり二列の戦艦群のうち、最悪でも一列だけでも助かる方法を選択したのである。

かくして……。

米太平洋艦隊司令部が全力を投入した戦艦同士の砲撃戦は、アメリカ側の歴史的な惨敗で幕を閉じた。

のちに最終確認された被害は次の通りだった。

戦艦サウスダコタ／アリゾナ／ネヴァダ／テネシー撃沈。戦艦アイダホ／オクラホマ、大破。戦艦カルフォルニア／ニューメキシコ、中破。ミシシッピ／ペンシルバニア、小破。

なんと無事な戦艦が一隻もいない……。

他にも、重巡ペンサコラ／ソルトレイクシティ、撃沈。重巡シカゴ、中破。

軽巡ブルックリン、撃沈。駆逐艦六隻、撃沈……。

そして戦いの趨勢は、スプルーアンス部隊に託されることとなった。

第三章　太平洋の覇者

一

九月二三日　ハワイ

一二時五〇分、オアフ島近海。

スプルーアンス部隊に待望の報告が届いた。

日本の二個空母部隊の位置が判明したのだ。そのこと自体は吉報だったのだが、内容は失望させるものでしかなかった。

なんと日本の空母機動部隊は、現在位置から七〇〇キロも離れた、ミッドウェイとの中間点付近にいたのだ。

この報告は、カウアイ島の水上機基地から出撃したカタリナ哨戒艇によるものだ。

長大な飛行距離を誇る哨戒艇だからこそ、なんとか見つけられたのである。

その位置は、スプルーアンスが予想していたものより、遥かにミッドウェイ寄りのものだった。

「巨大戦艦は、いまもハルゼー長官の第2任務部隊を追撃している。そのせいで、午前八時点と比べて三〇キロほど東……真珠湾から見ると二五〇キロ地点あたりにいる。

ということは、敵の機動部隊は巨大戦艦部隊の追撃にあわせて移動しただけで、基本的には巨大戦艦の後方四五〇キロを保っている。

この行動は、敵空母部隊の作戦行動に変化がないことを意味している。あい変わらず、巨大戦艦の支援のみを行なうためのものだ」

スプルーアンスが予想を告げると、すぐに参謀長が返事をした。

「敵は我々の存在を、いまだに把握していないのではないでしょうか？」

「そうとも取れる行動だが……どちらにせよ、先方も我々も、ともに航空攻撃をできない距離にいる。だから、しばらくは無視しても良いと考えている……そう言ったほうが良さそうだな」

もし敵空母部隊が、我々を殲滅するための行動をしていると仮定すると、この距離はありえない。もっとハワイへ接近して、盛んに索敵行動をとっていなければならない。

敵空母部隊の索敵機は、もっぱらハルゼー長官の部隊を追っている。このことからも、当面……少なくとも今夜の追撃戦までは、我々は眼中にないということだ」

「それは幸いですが……でも、このまま指を咥えて見ているだけというのも、いかがなものでしょう？」

敵空母部隊との距離は七〇〇キロ。

航空攻撃を仕掛けるには、往復で一四〇〇キロを飛ばねばならない。

この距離は、航続一七九〇キロのドーントレス爆撃機ならともかく、たった六七〇キロしかないデバステーター雷撃機には遠すぎる。F4Fワイルドキャットも航続一二四〇キロのため足りない。

護衛なしのドーントレスだけで航空攻撃をさせるのは、死んでこいと言うようなものだ。むろんスプルーアンスも、そのような愚行を命じるつもりはない。

日本の空母部隊は、巨大戦艦部隊に合わせて追従している。

となると、もしこちらから航空攻撃を仕掛けるには、スプルーアンス部隊が接近するしかない……。

鈍速な護衛空母は最大で一八ノットしか出ない。時速に換算すると三三キロだ。

たとえ三時間かけて突進しても九九キロ。

敵空母部隊が動かないと仮定すると、彼我の距離はその時点で約六〇〇キロとなる。

これなら、なんとかギリギリでＦ４Ｆとドーントレスを出せる……。

「夕刻に賭けてみるか？」

スプルーアンスが敵空母への攻撃を決断し、その命令を下そうとした矢先……。

そこへハルゼーから、歴史的大敗の報告が舞い込んだ。

どうやら朝八時の海戦ののち、現在まで必死になって逃避行動をとっていたらしい。

だが、ついに捕まった。

報告では、午前一一時過ぎに敵艦隊が第二列へ追いつき、追撃しつつ砲撃を仕掛けてきたそうだ。

ただ射たれるだけではジリ貧と悟った第二列は反転、なおも逃げている第一列をカバーするかのように、自らを囮にして決戦を仕掛けてきた。

全戦艦をもってしても八島に対抗できなかったというのに、傷ついた半数だけで反撃しても勝利は望めない。

案の定、第二列は八島から集中攻撃を受け、さらには八島を護衛していた第一／第二／第三水雷戦隊の突入雷撃まで受け、隊列のすべてに被害を出してしまった。

その結果、すでに沈んでいるアリゾナ／ネヴァダに加え、ミシシッピとペンシルバニアまで失ってしまった。

第二列で残っているのはアイダホのみ。

そのアイダホも四六センチ副砲弾を二発受け、大破して速度が一〇ノット以下に落ちている。

こうなると、あとは袋叩きにあうか、総員退避の上で自沈するしかない。

第二列は、ほぼ全滅する代償を支払って、なんとかハルゼーのいる第一列を逃がすことに成功したのだが……。

彼我の速度差を考えると、まだ逃げきったとは言えない状況であった。

ハルゼーは、『命令ではなくあくまで希望』と付け足した上で、願わくば敵巨艦に対し一撃を食らわして欲しいと伝えてきた。

「あのハルゼー長官が、この私に願い事を言うとは……」

この嘆願を見たスプルーアンス。

ふぅと小さくため息をつく。

「長官の部隊を救わねば」

ついに決心した。

スプルーアンスは、敵空母部隊に対する攻撃を諦めた。

たとえ戦術的には正しい判断でも、戦略的には正しくない。

夕刻に敵空母部隊を攻撃すれば、おそらくハルゼー部隊は敵巨艦から逃げきれない。

速度の差を考慮すると、夜間に追いつかれて夜戦を挑まれてしまう。

現在の傷ついたハルゼー部隊にとって、敵艦の接近を許す夜戦は致命的だ。下手をすると、本当に全滅してしまう可能性すらある。

それを防ぐには、一時的にでも敵巨艦の目をスプルーアンス部隊に向けさせ、同時に敵巨艦の足を止める必要がある……。

そう判断したスプルーアンスは、夕刻の攻撃目標を八島部隊へ定めたのだった。

*

午後三時零分。

八島部隊に対する夕刻の航空出撃が始まった。

スプルーアンスの放った矢は、正規空母エンタープライズ／ワスプの二隻に搭載されているF4F七二機とドーントレス八六機、そして護衛空母ボーグ／カード／ロングアイランド／チャージャーの四隻に搭載されているF4F三六機とドーントレス三二機。

すべて合わせると二二六機。

いずれの空母も、故障機や喪失機を除くすべての艦上機を発艦させる、いわゆる全力出撃となっている。今の米太平洋艦隊に可能な最大規模の航空攻撃だ。

スプルーアンス部隊のいるオアフ島南二キロは、ダイヤモンドヘッドのすぐ近くにあたる。

この位置に決めたのは、オアフ島にいる陸上航空隊の支援を最大限に受けるためだ。

たとえ居場所がバレても、現時点においては最も安全とされる場所である。

とはいえ……。

現在、日本の空母機動部隊は七〇〇キロ離れている。

いかに足の長い日本の艦上機であっても、攻撃を担う九九式艦爆の最大片道距離は五五〇キロでしかない。九七式艦攻はさらに短く五〇〇キロだ。

本来であれば、開戦前から開発していた彗星艦爆と天山艦攻が新規配備される予定だったが、正規空母の航空隊を総入れ替えして訓練する時間がなかった。

彗星は片道七六〇キロ、天山は七五〇キロ行けるから、この距離でも大丈夫だったのだが……。

持っていないものは仕方がない。

　現実には見切り発車的に、充分な訓練を積んできた九九式艦爆と九七式艦攻の部隊での作戦実施となってしまったのだ。

　スプルーアンス側も、ミッドウェイ海戦でのデータ解析により、おぼろげながら日本の艦上機の航続距離を把握している。

　たとえ正確な数値でなくとも、大雑把な数値が合っていればいい。

　それを入手したスプルーアンスが八島部隊を攻撃目標にしたのは、なかば必然と言えるだろう。

「敵の空母は、こちらに仕掛けてくるのでしょうか？」

　あくまで敵空母の位置は、その場からあまり動かないと想定してのものだ。

　もしこれから三時間、全速でハワイ方面へ突撃したら、一六六キロも接近されてしまう。

　この時の彼我の距離は五三四キロ。

　九七式艦攻は届かないが、零戦と九九式艦爆はかろうじて届く。

　それを危惧した参謀長の質問だった。

「この戦いは、敵に有利な状況で推移している。なのにバクチ的な要素が大きい、最大航続距離近くへの航空攻撃を仕掛けるとは思えない。まあ日本人が、我々のような論理的思考をするとは限らないが……見る限り取り乱してはいないようだ」

　そもそも論理的思考であれば、八島のような馬鹿げた艦は作らない。

　あの巨艦は、追い詰められて視野狭窄になった日本人が、狂気に駆られて作ったものだ……。

　そう米海軍上層部は判断しているが、どうやらスプルーアンスは違うらしい。

　たしかに論理的思考ではないが、狂気じみた思考でもない。

セメントを除くあらゆる物資が不足する中、なんとか打開策を見いだせないかと奮闘努力した結果が、あの巨艦なのだ。

そうスプルーアンスが思っていなければ、いまの発言にはならない。

「では、安心して巨大戦艦への攻撃を見守るとしましょう」

航空攻撃隊が八島のいる海域へ到達するのに、おおよそ一時間半を必要とする。

現地到達時刻は午後四時半。

攻撃を終了してもどってくると、着艦は午後六時過ぎになる。

夏の陽が長い時期だから、ぎりぎりまだ明るい。

仕掛けるタイミングとしては、これがベストだった。

＊

午後四時三八分。

スプルーアンス航空隊による、八島への攻撃が開始された。

「でかいな……」

トーマス・ケインズ軍曹は無線連絡中にも関わらず、思わずつぶやいてしまった。

もっとも通信機は電信のため、その呟きは部隊長兼操縦士のマイケル・コール中尉にしか聞こえなかったが……。

二人は共に、エンタープライズ爆撃隊に所属しているドーントレス乗員だ。

いま目の前に、想像を絶する巨艦がいる。

思わず声を出したのも当然だった。

「敵巨艦の上空にいる直掩機の数が朝より少ない。

夕刻の攻撃を予想していなかったのか？」

　ケインズの無駄口を無視したコールは、代わりに気になっていることを質問してきた。

「ブリーフィングじゃ八〇機くらいいるって言ってましたけど、見る限り四〇機もいませんね。まあ、少ないに越したことはないから、いいんじゃないですか？」

　たしかにケインズのいう通りだ。

　事実、八島上空にいる直掩機は、総数四二機。

　これは直掩空母二隻の半数出撃と八島直掩隊一二機を合わせた数だ。

　丸々、二個空母機動部隊からの直掩支援機がいない計算になる。

　彼らはなぜ、直掩に参加していないのか……。

　その理由は、先ほどケインンズが打電した無線の返事として判明することになった。

　珍しい攻撃直前での返信に、ケインズも耳をそばだてている。

　十秒後、その顔が真っ青になった。

「爆撃隊長！　いま任務部隊司令部から返電がありました。たったいま、真珠湾が猛烈な航空攻撃を受けているそうです‼」

「あっちに行ったか……まずいな」

「えっ？　真珠湾が攻撃されるのは、たしかにまずい状況ですが……我々の空母を攻撃されるよりはマシじゃないですか？」

「馬鹿野郎。もし真珠湾にある補修施設が破壊されたら、いま懸命に逃げているハルゼー長官の部隊を修理する場所がなくなるじゃないか！

　それは我々の部隊も同じだぞ。もし今後の戦闘で空母が損害を受けても、ハワイで補修できなくなる。そうなったら我々は、嫌でもサンフランシスコのドックまで戻らねばならなくなる。

　すでに戦艦部隊は被害を受けているから、これから西海岸まで逃げ延びなければならん。そして我々だけではハワイを守れない。ということは、どういうことか判るよな？」

「……ハワイは陸上部隊だけで守ることになりますね」

「ああ、その通りだ。しかし敵が、あそこにいる巨大戦艦を真珠湾のすぐ脇に停泊させ、そこから砲撃してみろ。

それこそ真珠湾やハワイ最大の航空基地であるヒッカム飛行場、ホノルル市街……いや、たしか第2任務部隊からの報告じゃ、巨大戦艦の主砲射程は四一キロあったと言ってたな。

真珠湾から東北方向にあるカネオヘまで二二キロ、北のハレイワまで三四キロ、東のマカプウ岬まで三三キロ、海兵隊の飛行場がある西のカポレイまでは、たった六キロだ。

射程より遠いのは、北西のカエナ岬周辺と、北東のカフク岬周辺……どちらもレーダー基地以外なにもない非重要地点じゃないか！」

「そうなると陸軍部隊は、敵戦艦の砲撃から逃げ回るしかできませんね。どうせ先に飛行場は殺られてるでしょうし」

「ああ、さっき貴様は真珠湾が攻撃を受けていると言ったが、おそらくフォード海軍航空基地やヒッカム基地だけでなく、カポレイの飛行場も同時に攻撃を受けているはずだ。

となると生き残るのはワヒアワとハレイワの予備滑走路、そしてカネオヘの飛行場だけ……それらも第二次攻撃か、もしくは巨大戦艦の砲撃で明日までに壊滅するだろう。

こんな時のための、ジョンストン島の避難滑走路というのに、完全な航空奇襲では、陸上航空隊が逃げ延びられる可能性は少ないな」

オアフ島すべてが敵艦の射程内……。

もっとも、四〇センチ主砲を持つ長門と陸奥も、なんとか届かせようと思えば届く距離だ。

しかし最大有効射程付近での命中率は極めて悪い。

その点、八島の最大有効射程は五四キロもある。八島にとっては、オアフ島全域が中射程距離内みたいなものなのだ。

「そんな状況じゃ陸軍さんたち、島の中央にある山岳要塞に引きこもるしか手がないじゃないですか。真珠湾やワイキキビーチを守る者がいなくなる……敵に上陸されたらイチコロだ‼」

状況を理解しはじめたケインズの声が、次第に上擦りはじめた。

だがコールは、それを諌めるより前に、別の事実を突きつけた。

「悪いが爆撃の時間だ。これより急降下態勢に入るが、左後方で敵艦上機と戦っているF4Fが落とされたら、まっすぐこちらに向かってくるはずだ。その場合、貴様の銃撃だけが頼りだからな。落ち着いて対処しろよ。それじゃ、行くぞ‼」

そう言った途端、急激にドーントレスが左方向へ反転した。

そのまま急降下態勢へ入っていく。

コールの目に、斜め前方向へ延びていく曳光弾の光が見えた。

ケインズのいう通り、明らかにF4Fより高性能な敵艦上機が、さっさとF4Fを屠ってこちらへ向かってきている。

「このっ！」

コール機長が、ドーントレスの腹に抱えた五〇〇ポンド（約二五〇キロ）徹甲爆弾を投下するまでは、死んでも落とされるわけにはいかない。

そう思い、両手で七・六二ミリ機銃の銃把を握り締める。

――タカカカカ！

軽快というか、頼りないほど軽い射撃音と共に機銃弾が飛び去っていく。

だが、右に左にドリフトする敵機には当たらない。

「高度七〇〇！　投下‼」

コールの声と共に、ガクンと衝撃が伝わってくる。

重い爆弾が離れたせいで、機体が跳ね上がった衝撃だ。

しかし、それを敵機は待っていた。

「うがッ！」

コールの絶叫がコックピット内に響く。

「機長⁉」

慌てて背後をふりむくケインズ。

その目に、操縦席頭部防御板越しにコールの後頭部が見えた。

そこに、一セント硬貨くらいの赤い染みが浮かんでいる。

直後、コールの頭部が、がっくりとうつむく。

どう見てもコールは頭を射ちぬかれていた。

「……………‼」

急降下態勢から機首を上げようとしていたドーントレスは、ふたたび機首を真下方向へ下げはじめた。

「うわわわわわ――っ！」

高度一〇〇メートル。

しかしドーントレスは、ほぼ九〇度の角度で海面に向かっていく。

三秒後。

ケインズの乗るドーントレスは、八島の左舷中央部から二〇メートル付近の海に墜落、大きな水しぶきを上げた。

ただし、彼らの死は無駄にはならなかった。

必死の思いで投擲した五〇〇ポンド徹甲爆弾は、見事、八島の左舷中央部――第二上甲板付近へ命中したのだ。

ただしそれが、八島にとって致命傷どころか小破程度の被害しか与えなかったことを、死んでいった彼らは知ることができなかった。

八島の被害は、一〇センチ連装高角砲座一基を中破、第二上甲板の重層パネル二枚を破壊、機銃座要員一名が断片被害で重症……。

二名の熟練飛行兵と引替えにするには、あまりにも乏しい戦果だった。

二

一二三日夕刻　真珠湾

――ドウッ！

激しい地響きと共に、司令部退避壕の天井から、コンクリート片やホコリが舞い落ちてくる。

ここは真珠湾にある米海軍太平洋艦隊司令部の地下。

そこにある地下司令部を兼ねた退避壕の中だ。

「今のは近かったな」

長官席に座っているチェスター・ニミッツ太平洋艦隊司令部長官は、同じく会議机を囲んでいる司令部高官たちに声をかけた。

ニミッツの声に応じたのは艦隊設備部長だった。

彼は司令部の設備全般だけでなく、真珠湾にあるあらゆる設備を管理監督する総元締でもある。

「はい。おそらく司令部に直撃したのではないかと。しかし司令部退避壕は戦時司令部を兼ねていますので、一トン爆弾の直撃までは耐えられます。ですので、敵の艦爆が落とす徹甲爆弾程度ではビクともしません」

「それは知っている。しかしドライドックや船台、浮きドック、大型クレーンなどは別だ。真珠湾にある補修設備はいずれも対爆仕様にはなっていないから、爆弾一発で大被害を受けてしまう」

「それは世界各国どこでも同じですので……」

「いまは一般論を言ってる場合じゃない！　現実として真珠湾が爆撃されているんだ。司令部長官としては、管轄下にある諸施設の損害状況を最速で収集し、早急なる現状把握と打開策を練らねばならんのだ‼」

あまりにも他人事のような設備部長の返答に、ついにニミッツが切れた。

「航空部長。フォード島からは迎撃機を出しているのか？」

「出せたのは僅かです。ダイヤモンド・ヘッドの監視レーダーが敵編隊を捉えて数分で、敵編隊は真珠湾上空へ到達しました。完全な奇襲だったため、緊急出撃用に待機していた五機以外、暖気運転をする間もなく襲われました。

なお、状況はヒッカム陸軍基地も同様と思われます。若干数の緊急出撃待機していた戦闘機以外、飛びたてたものはいないかと」

「ええい、役立たずめ！　それじゃ他の飛行場……カネオへへ支援出撃を命じたか？」

「とっくに出しています。もうそろそろ、バッファロー編隊がやってくるかと」

やってくるのが旧型のブリュスターF2Aバッファロー艦上戦闘機と聞いて、ニミッツの表情がにわかに曇る。

「F4Fじゃなくてバッファローだと？」

「はい。カネオへ海軍航空基地の戦闘機は、以前正規空母に搭載されていたバッファローのみです。正規空母の艦戦がF4Fに装備更新されると同時に、当面はオアフ島の各滑走路を守る迎撃戦闘機として活用されています」

「活用……モノは言いようだな。Ｆ４Ｆでも劣勢になる敵艦戦が相手というのに、最高速度が四〇〇キロしか出ないバッファローで戦えだと？　まったく、誰がそんな馬鹿げた配備をしたんだ」

「それが……前任のキンメル大将閣下でして」

「ううむ……」

ミッドウェイ海戦の直前にキンメルは更迭されている。

その後任がニミッツなのだから、その時の事情は一番知っている。

だが、個々の配備状況その他、全般的なオアフ島の守備状況においては、艦隊業務の合間に少しずつチェックしていた所だったのだ。

だから更迭されたとはいえ、先任にあたるキンメル大将を公然と非難するわけにもいかない。

「しかたがない。設備部長、敵の爆撃が終了したら、ただちに真珠湾の被害状況を調べてくれ。ともかく大至急だ。

それから……作戦部長。ハルゼー長官に、真珠湾に逃げこむのは少し待てと至急打電してくれ。日中、下手に真珠湾に入れば、敵の第二次航空攻撃を招く恐れがある。真珠湾の湾口で着底でもされたら目も当てられん」

「しかし湾外で待機すれば、敵巨大戦艦に追いつかれて砲撃されてしまいますが……」

「誰が馬鹿正直に真珠湾の近くで待機しろと言った！　あたり前だが、いまのコースを変えて、オアフ島の北か南を迂回しつつ、引き続き東へ向けて退避行動を続けるよう命令する。

最悪の場合、サンフランシスコへ直行してもらう。いま爆撃されている結果次第では、真珠湾に入っても浮き砲台としてしか利用価値がないし、補修設備が全滅したら、長期にわたって真珠湾を動けない状況もありえる。

　実際問題として、敵に二個以上の空母機動部隊が随伴しているのだから、スプルーアンスの部隊だけで対抗するのは無理だ。一隻か二隻の敵空母を撃沈できても、こちらが全滅すれば、それこそ完全にハワイ空域の制空権を取られてしまう。

　制海権と制空権を取られれば、どうなるかわかっているな？　そう……敵はオアフ島へ上陸作戦を強行してくるはずだ。それをハワイにいる陸軍と海兵隊の部隊だけで防ぐのは、敵の砲撃下においては無理がある」

「艦隊司令部も、敵巨艦の主砲射撃に耐えられるかどうか自信はありません。ここで我々が全滅すれば、ハワイ防衛の指揮は陸軍部隊の師団長レベルに落ちてしまいます。そうなれば統括的なオアフ島防衛は不可能でしょう」

「だれが全滅するもんか！　スプルーアンス部隊による航空攻撃でも敵巨艦をとめられなかった場合、太平洋艦隊司令部もまた、オアフ島の中央山岳要塞へ退避し、引き続き司令部としての機能を維持する。いいな、敵巨艦の主砲射程に入る前に退避だ。わかったな？」

　作戦部長に退避命令を出しても、あまり意味はない。

　当人も困惑した表情を浮かべて、居並ぶ高官たちに助けろと視線を投げかけた。

　その視線に気づいたニミッツは、自分が失言をしたことに気づいた。

「あ、いや……司令部の退避に関しては、司令部全部門の長と相談して、早急に取り決めろ。早ければ今日の夜にも、敵巨艦が真珠湾の沖に姿を表わす。それまでに現実的な行動指針と退避の準備を終わらせておくんだ！」

　もはやニミッツは逃げ出す思いで一杯らしい。

起死回生の思いで出撃させた戦艦部隊は、半数を失い遁走中だ。

残る空母部隊も、お世辞にも敵空母部隊に対抗できる戦力ではない。

陸軍や海兵隊は未知数だが、敵の砲撃下での反撃は期待できない……。

「くそっ！　相手はたかが一隻というのに」

その『たかが一隻』に、合衆国海軍は翻弄され続けている。

その一隻を沈められない。

むろん、対抗手段はいくつもある。

たとえば合衆国の国力をもってすれば、同じような超巨大戦艦を一年か二年で建艦できるかもしれない。

そこまで悠長でなくとも、敵艦のバイタルパートを撃ち抜ける大型徹甲爆弾や大型魚雷を突貫で開発すればいい。

それらは実現可能だし、合衆国には実現させる実力もある。

ただ……。

それらすべてが、いまのオアフ島を救うためには間にあわない。

ニミッツの手元にある手段では、どうやっても守れない……。

それに気づいているからこそ、ニミッツは逃げ出して長期戦に備えるつもりなのだ。

「これから半年……いや、下手をすると一年以上、太平洋を日本に明け渡すことになる。その責任を取れというなら辞めてやってもいいが、果たして後任がいるかな？

上層部がこのままガンバレというなら、意地でも頑張ってやろうじゃないか。その間、敵巨艦の攻略法についての発案を、毎週送り届けてやる。

そして毎日催促してやる。早く敵艦を無力化できる新兵器を寄越せとな。

それが、これからの我々の仕事になる。おそらく真珠湾には、軍用艦艇は小舟一隻たりとも残らない。カネオへに関しては、オアフ島住民を戦火から逃れさせるため、非武装の民間船に関しては民間人の脱出用として安全措置を講じるよう、日本側に提案……いや、そうなったら陳情だな。

陳情してでも、アメリカ市民の生命と財産を守らねばならない。それが合衆国軍人としての務めだ。我々は降伏することなく、最後まで日本側に提案し続ける存在となるのだ」

今度のセリフには勢いがなかった。

自分で言っていても、心底消沈する内容だと気づいたからだ。

当然、地下会議室は静まりかえった。

「ともかく……スプルーアンスの戦闘報告を待とう。もしかすると、奇跡の大逆転が起こっているかもしれんからな」

そんなものは起こらない。

それが軍事常識というものだ。

戦争は必然の連続でのみ大局が動く。

奇跡などというものは、個人や個艦、最大規模でも一回の海戦における戦術的勝敗まででしか起こりようがないのである。

だが、たった一艦で、戦略的な奇跡を実現しつつある巨艦がいる。

それもまた事実だった。

*

午後八時……。

「これよりオアフ島南東沖へ退避する」

八島に対する第一次航空攻撃隊の着艦と収容を終えたスプルーアンスは、かなり疲れた様子で命令を下した。

当初の予定では、明日の朝に第二次航空攻撃を実施することになっていた。

しかし真珠湾が爆撃されたことにより、すべてがひっくり返ってしまったのだ。

八島への航空攻撃は、ハルゼー部隊をなんとかして真珠湾へ逃げ込ませるためのものだった。真珠湾まで到達できれば、陸上航空隊の厚い守りがある。しかも港湾設備が整っているので、被害を受けた戦艦の修理もできる。

まさに真珠湾は太平洋に浮かぶ巨大な兵站基地であり、だからこそ合衆国は世界最大の太平洋艦隊司令部を置いたのだ。

ところが、日本の空母機動部隊によるオアフ島攻撃により、すべてが変わってしまった。

ハワイの二大航空基地である、フォード島とヒッカム飛行場が使用不能になった。

真珠湾にある、すべての艦船補修施設が破壊された。

オアフ島にある三ヵ所のレーダー基地が破壊された。

オアフ島以外に、海軍の要求を満たす施設はない……。

ようは、ハワイ諸島は軍事要塞からタダの島々になってしまったのである。

これでは、たとえハルゼー部隊が真珠湾に逃げ込んでも補修する手段がない。

止まっている戦艦（ハルゼー部隊）と動いている戦艦（八島）。

射程が短い戦艦と射程が長い戦艦、これらの戦いになる。

当然八島は、米戦艦の射程外から遠距離砲撃をしてくるだろう。

その結果、米戦艦は一発も射てないまま、真珠湾でスクラップになる。

それは完全に無駄死にであり、無策の結果だ。

いま可能な策は、スプルーアンス部隊を温存し、八島に対する継続的な脅威と認識させることしかない。

まだ米海軍には航空攻撃する能力があると思わせることで、少しでもオアフ島に対する攻撃および上陸を遅延させる。これだけが出来ることのすべてなのだ。

それを今、スプルーアンスは実行しようとしているのである。

「通信参謀、ハワイ全域にいるカタリナに連絡して、敵の空母部隊の位置を確実に把握してほしいと至急打電してくれ」

こちらが敵空母部隊を無視したら、途端に真珠湾爆撃という奇策を実施してきた。敵にこちらの策の裏を読める者がいる。凡庸な策を実施したら、すかさず裏をかかれるだろう。

おそらく敵の空母部隊のひとつは、あの南雲部隊だ。英東洋艦隊を壊滅させた張本人だ。だから一筋縄ではいかない。これからは、たえず敵空母部隊の動きを睨みつつの作戦運用をしなければならない。

当面は逃げ回る。ただ……我々は鈍速だ。最悪の場合、護衛空母群を切り放してでも、正規空母を温存しなければならない。むろん、そうならないよう、敵空母部隊の位置を掌握する。これが最優先事項だ」

智将スプルーアンスらしい策だ。

いま太平洋に回せる正規空母はない。

最速でも半年後。

日本海軍に対抗できる数――正規空母八隻相当の戦力が揃うのは、じつに一年後だ。

それまでは無理できない。

その結果、ハワイが一時的に取られるとなれば、それも仕方がない……。

そうスプルーアンスは思っていた。

「ハワイが落ちるのと、西海岸が攻撃されるのでは、合衆国市民に与えるインパクトが違いすぎる。合衆国は、海外の敵に本土を攻撃されたことがない。

ハワイは合衆国の準州だが、まだ国外の認識が強い。だが西海岸は違う。西部開拓という血と汗と努力で得られた、アメリカ魂の結晶のような土地だ。

そこを攻撃されるのは、合衆国の建国理念すら揺るがす一大事となる。そうならないよう策を巡らすことは、けっして亡国の行為ではない」

まるで自分に言い聞かせるような口調だ。

それを見た部隊参謀たちは、いつものスプルーアンスとは明らかに違うとして、どことなく不安そうな表情になっていた。

＊

二四日、午前五時三六分。

「来ると思ってたが、来なかったな」

山本五十六が八島艦橋にもどってきた。

昨日夕刻の航空攻撃では艦内司令室に入っていた。その後、ふたたび敵戦艦部隊の追撃を開始してからは、いったん長官室で休んでいたのだ。

開口一番、宇垣に質問とも取れる呼びかけを行なったのには、きちんと理由があった。

なんとスプルーアンスの航空隊は、昨日の夕刻の攻撃で、少ない被害にもかかわらず大きな戦果を得ていたのだ。

そこで味をしめて、翌朝の第二次攻撃を仕掛けてくると思っていた。

だが夜が明けても、敵航空隊は襲ってこなかったのである。

「昨日の航空攻撃は、こちらの直掩機が少なかったせいで、想定外の被害を被ってしまいました。これに対し敵航空隊の被害は予想以下……まあ、一艦も沈んでいませんので、結果論として辛勝判定としましたが」

平然とした顔で、宇垣纏参謀長がうそぶく。

宇垣の説明にある敵の航空隊には、大挙してやってきた陸上航空隊も含まれているのだが、敵陸上航空隊は対空射撃と直掩機によってかなりの被害を与えている。

しかし、一〇分ほどの時間差をつけて襲ってきたスプルーアンス航空隊は、日本側が陸軍航空隊の対応で手一杯になっていたせいで、ほとんど阻止されずに攻撃することができたのである。

それでいて一艦も沈められなかったのは、たんに敵の攻撃が八島に集中したせいだ。

もし護衛の軽巡と駆逐艦群が狙われていたら、かなりの被害を受けたはずだ。

「ははは、宇垣も言うようになったもんだ。たしかに、被害は酷かった。だが朝までに補修できなかったのは、二〇センチ砲一門と一〇センチ高角砲座一基のみだ。

しかし弱装甲部分は手酷くやられた。第二集合煙突基部の重層パネルは六枚も破損したし、その他の部所も併せると、二〇センチ砲塔一基、一〇センチ高角砲塔一基、二五ミリ機関砲座二基四門、二〇ミリ機関砲座二基三門、一二・七ミリ機銃六挺、その他の重層パネルも総数二六枚が損壊している。

それに……兵員被害も無視できん。爆弾や砲弾の断片と銃弾を防御できるのは、主・副砲塔およびに二〇センチ連装砲塔／一二センチ連装両用砲塔／一〇センチ連装高角砲塔だけだ。

　機関砲座は前盾しかないから、爆弾の至近炸裂があると死傷者が出る。敵艦爆の徹甲弾が直撃したら、主・副砲塔以外の砲塔装甲は貫通するから、砲塔内は全滅する……。

　重層パネルの艦内在庫は、まだたくさんある。だから補修は可能だ。しかし銃砲担当の予備兵員には限りがある。

　彼らは漏れなく開戦前からの熟練兵だから、新兵を補充すれば足りるというわけではない。最悪の場合だと、他の艦隊の似たような装備を担当している者を転任させる必要が出てくる。

　また現在の八島は敵艦隊を追尾中のため、補給母艦からの補充ができない。補給母艦となる伊豆型特殊工作輸送艦二隻は、安全のためミッドウェイに留めてある。彼らが艦隊に復帰しない限り、補修部材の艦内在庫は減り続ける。ゆえに、早急に敵空母部隊を排除する必要がある」

　米戦艦部隊に対する布石は打った。

　となれば次は、邪魔な敵空母部隊を排除する番だ。

　しかし、それは八島部隊の役目ではない。

　いかに超巨大戦艦といえども、敵空母を撃沈するのは至難の技となる。

　だから餅は餅屋、敵空母部隊にはこちらの空母機動部隊で対処する。

「第二空母艦隊と第三空母艦隊については、オアフ島に対する本日朝の第二次航空攻撃を予定していましたし、今頃は爆撃の真っ最中だと認識しております。ですので敵空母部隊に対処できるのは、早くて本日の午後となります」

「敵空母部隊の現在位置は把握しているのか？」

「オアフ島のダイヤモンドヘッド南西二キロに張りついています。味方の航空攻撃隊が発見し、何機かは急降下爆撃を実施した模様ですが、すべて敵直掩機に阻まれ撃墜されてしまいました。

敵空母部隊は直掩機を最大数あげていたようで、さすがに行き当たりばったり、しかも艦爆のみでの急降下爆撃は無理があったようです」

なんと日本の航空攻撃隊は、オアフ島を攻撃したさいに、スプルーアンス部隊を発見していたようだ。

しかも発見しただけでなく、急降下爆撃まで試みたという。

しかし、それは無茶な行為だ。

零戦による護衛範囲外に出ての、少数の九九式艦爆のみでの攻撃は無謀すぎる。おそらく急降下態勢へ入る余裕もなく、Ｆ４Ｆに撃ち落とされてしまったはずだ。

だが山本は、彼らを無謀と非難しなかった。

「目の前に餌がぶら下がってきたのだから、飛びつくなと言うのは無理だ。だいいち作戦では、敵空母部隊は最優先攻撃目標になっていた。だから彼らが命令違反をしたわけではない。ということで戦死した彼らは、英霊扱いとして本土へ報告しておいてくれ」

「承知しました。ただちに該当空母へ連絡しておきます」

宇垣に命令を発した山本だったが、ふと思い出したように呼びとめた。

「ああ、そうだ。夕刻の第二次攻撃で、おそらく真珠湾の補修設備は全滅すると思う。むろん最終判断は、今夜の報告と明日の偵察での結果を踏まえることになるが。

ただ、被害甚大な状況で退避中の敵戦艦部隊は、おそらく真珠湾に入るのを諦める。となれば逃場は西海岸しかないが、その前にハワイ東方沖で敵空母部隊の支援下に入るはずだ。

ということで、明日の偵察結果次第では、北太平洋作戦の第二段階を先に進めることにする。つまりハワイ攻略作戦の開始だ。これを大前提として、明日朝以降の作戦運用を参謀部のほうで煮詰めておいてくれ。

なにせ攻略作戦を開始したら、もう止まらん。八島によるオアフ島全域に対する対地砲撃と、航空攻撃隊による敵軍拠点の破壊、沿岸部からの敵陸上戦力の駆逐……それらが完了したら、ただちに支援隊と輸送部隊による、ワイキキビーチ上陸作戦が実施されるのだからな」

なんと大胆にも、ハワイの中心であるワイキキビーチに対する上陸作戦！

それは軍事的な目的というより、政治的な目的を優先した作戦だ。

合衆国市民なら誰しも、ハワイ最大の観光地であるワイキキビーチの名を聞いたことがあるはずだ。実際にリゾート気分を満喫しに行った者もいるだろう。

そのような有名な場所に、東洋の蛮族と卑下していた日本軍が上陸する。

それはまさに、アメリカ合衆国に対する侵略そのものに感じられるはずだ。

「ミッドウェイでは、すでに支援隊と輸送部隊が待機しています。彼らに対しては、昨日付けで出撃準備命令を出してあります。作戦準備の段取りでは、明日の朝にはハワイとの中間点に到達、そこで我が部隊による作戦結果を待ち、上陸作戦の実施が可能と判断されれば、すぐさま主隊へ合流すべく東進を開始することになっております」

「敵空母部隊が輸送部隊を襲う状況は、絶対に避けねばならない。これだけは念をおしておくぞ。あとは参謀部に任せる」

「すべて承知の上で作戦を運用しておりますので、

なにとぞ御安心を。では私は空母機動部隊に連絡をするため、すこしのあいだ艦橋を離れさせて頂きます。その間の参謀部への命令その他は、各担当参謀に直接行なってください。では」

あい変わらず細かいところまで気が回る宇垣参謀長だった。

それを山本の背後で、黒島亀人専任参謀が、面白そうに見つめている。

宇垣の姿が消えると、さっそく声を掛けてきた。

「敵の空母部隊を統率しているのは、おそらくスプルーアンスでしょう。他に適任となれば、すべて格下になりますから。相手がスプルーアンスなら、すでにハワイ方面における不利を自覚しているはずです。

その場合、彼がとる現実的なプランは、徹底した戦力温存でしょう。ハワイを防衛する目的で戦力を漸減させてしまうのは、あまりにも無策です。賢明な彼が、それを採用するとは思えません」

「敵空母部隊は、なにもせずに撤収するというのか？　敵戦艦部隊だけでなく、敵空母部隊もか？」

敵戦艦部隊なら、西海岸へ逃げるしか選択肢がなくなるよう追い込んだ。

だからそうなるのは必然だ。

しかし、まだ戦力を有している敵空母部隊が、何もせずにハワイを見捨てるというのは、いささか信じられない状況ではないか……。

そう山本は思って質問したのだ。

「サイパンを失うか、大阪湾に敵艦隊が突入するか、どっちを選べと言われたら、長官はどちらを選びますか？」

返ってきたのは意地の悪い質問だった。

「ううむ……言いたいことはわかるが、立場上、返答しかねる。それより黒島、ハワイ以降の作戦……いや、北太平洋作戦以降の作戦について、具体的な立案は終わっているのか？」

　これは本来、宇垣に聞くべき質問だ。

　北太平洋作戦の運用については宇垣ＧＦ参謀長の職域だからだ。

　その後は、大本営陸海軍作戦部の担当になっている。

　それをいま黒島に聞くということは、黒島が大本営陸海軍作戦部と深い繋がりがある証拠である。

「考えてはいますよ。出撃前には陸軍の梅津(うめづ)さんとも内密にご相談させてもらいましたが、陸軍としては大変に面白いと返事を頂いております……まあ、まだ陸海軍ともに極秘事項のため、それ以外は何も話していませんけど」

　黒島はさりげなく言ったが、梅津美治郎(よしじろう)といえば次期陸軍参謀総長と噂される重鎮である。

　たとえ非公式な会合であっても、海軍大佐風情が気軽に会える相手ではない。おそらく米内光政あたりに話を通し、そこから陸軍大臣を経て梅津へアプローチしたのだろう。

　黒島が凄いのは、これらすべての人脈を、派閥などを使わず自分一人の能力で構築したことである。

「貴様……まあ、いい。八島も北太平洋作戦終了後には、一度日本へもどる必要がある。今回の作戦で、いろいろと大改修すべき点も出てきたしな。その時には、作戦決定前に全容を教えてもらうぞ」

　もう少しで山本は、なぜ自分を人脈として使わなかったと言いそうになった。

　せっかく長官専任参謀になっているのだから、こういった裏方の仕事でなら山本も動ける。

　もちろん、山本もメリットがなければやらないので、そこらあたりが黒島単独で動いた事情だろう。

「了解しました」

なかなか大変な内容の会話だった。

だが、天下のGF司令部ゆえに、誰も気にしている様子はない。

どっちみち作戦が実行段階に移れば、正式の作戦指令書がGF司令部に送られてくる。

山本と黒島が話していた事は、それに至るまでの裏工作のようなものだ。

それは二人にしか出来ないことのため、他の者も知らぬ存ぜずを通すフリをしているのである。

かくして……。

ハワイ沖へと迫った八島は、明日の朝にも次なる行動へと出るのだった。

三

日本時間、同日　神戸

「今頃は八島も、相応の被害を受けている頃だ。突貫で伊豆型補給艦を建艦したものの、やはり作戦実施中はそばにおれず、いまはミッドウェイで待機中らしい。

となると八島は、作戦実施が長引けば、本来の戦闘能力を維持できなくなる。だから、そうならないよう、本田（ほんだ）君に無茶を聞いてもらったわけだ」

本田と呼ばれた中年の男は、正確には本田只吉（ただきち）海軍装備研究所員という。

そして声を掛けたのは、江崎岩吉艦政本部第四部計画主任である。

本田は江崎の要請により、今年の五月から三菱神戸造船所に出向している。とはいっても造船関連ではなく、研究所で専門としている艤装部門での極秘任務だった。

　二人がいる場所は、神戸造船所内にある艤装用装備の保管所。

　いや、そこは元保管所であって、現在は極秘区画扱いの『試作装備製作所』となっている。

「いや……本当に苦労しましたよ。なにしろ前代未聞の要求でしたからね。しかも揚弾装置付きの二〇センチ砲にまで適用が及んでいるせいで、設計変更だけで二ヵ月を要しました」

　本当に苦労したのだろう。

　そう話す本田の顔には、どす黒い目の下のクマが出来ていた。

「しかし改良設計図さえ完成すれば、あとは早いはずだ。八島で損耗の激しい装備を、のきなみ製造段階から分解・組立が容易になるよう再設計する……。

　これが可能になれば、他の艦種における銃砲の部品共用化も進む。一般艦艇もまた、母港に戻ることなく、破損した部分だけ交換すれば良くなる。

　いまは八島専用の装備として改良しているが、いずれはすべての艦の装備、いいや、もしかすると陸軍装備にまで波及するかもしれない。まさに革新的な技術だ。

　こういったものは、本来なら時間をかけて成熟させなければならない。しかし、そうしたいのは山々なのだが、なにせ今は戦時中だ。だからこうして、本田君に無理を聞いてもらった。

　ところで……設計が完了したのが二〇センチ砲と一二センチ両用砲、交換部品化と試作まで完了したのが一〇センチ高角砲と各機関砲……これで間違いないか？」

　どうやら江崎は、話の途中で脇道に外れるのが癖らしい。

　そのため判りづらい話になっているが、本田のほうは慣れているらしく、要領良く自分でまとめた上で返事をしはじめた。

「そもそも二〇センチ砲塔は、重巡なみの装甲が張られています。ですので、徹甲爆弾の直撃を受けない限り補修の必要性はありません。そのため、どうしても後回しになってしまいます。

　また一二センチ両用砲は軽巡なみの砲塔防御となっておりますが、実際には二五ミリ機関砲弾までしか防ぐことができません。

　これはこの砲が、本来は対水上砲撃を主として設置されたためですので、あとから対空射撃用にも転用できるようになったにも関わらず、砲塔防御は強化されなかったせいです」

「それは仕方がない。二〇センチ砲と一二センチ砲は、対空戦闘の時は無人になる大前提だったからな。反対に対艦砲撃や沿岸砲撃などの場合には、主砲や副砲射撃を行なう大前提で、一〇センチ高角砲や機関砲・機銃などは無人となる。

　だが今回、実際に戦闘してみたら、爆撃と同時に対艦戦闘を強いられる状況があった。こういった場合、二〇センチは頑丈な砲塔で守られているから射撃可能だが、一二センチのほうは駆逐艦の主砲弾でも破壊されかねん。

　そこで一二センチ連装砲塔には、前盾と天蓋に、新たに三センチ鋼板と一七センチ鋼筋コンクリート板を追加することになった。

　これは一層のみの張りつけなので正確には重層ではないが……これだけでも一五センチ砲弾の直撃、断片なら二〇センチ砲弾や二五〇キロ徹甲爆弾までなら耐えられるはずだ。

　ちなみに新型の重層板が開発されたので、新型の三センチ鋼板／一七センチ鋼筋コンクリ板、合わせると二〇センチ厚板のほうを甲I型重層板と呼び、一センチ鋼板／九センチ鋼筋コンクリ板……合わせる一〇センチ厚板のほうを甲II型重装板と呼ぶことになった。

これに伴い、既存の二〇センチ厚板は乙I型、一〇センチ厚のほうは乙II型と呼ぶことになる。また丙I型と丙II型もあって、こちらは鋼板の代わりに安価な鉄板を、鋼筋のかわりに鉄筋を用いたものとなる。それぞれ適材適所で使用することになった」

江崎の話を聞いていると、色々と八島の設計に関する裏話が見えてくる。

一〇年をかけて設計から建艦までに至った八島だが、どうやら完璧な艦に仕上がったわけではないらしい。

それでも江崎は今回の装備改造で、少しでも八島の欠点を無くそうと努力しているようだった。

「まあ、二〇センチと一二センチの砲本体は後回しだ。それ以外の砲については、もう完成品が出来ているのだろう？」

言うだけ言った江崎は、さっさと次の質問に移った。

「はい。こちらの木箱に入っているのが、一〇センチ高角砲の砲鞍（ほうあん）部分です。従来品は、砲身や駐退推進装置との結合に多数のボルトを必要とし、組立後の各部調整もかなりの時間を要しました。

それを本品は、専用の移動工具台を使用すれば、ほぼ数分で脱着できるように改良してあります。具体的には、自動拳銃に似た自由スライド方式と油圧式ダンパーの採用、二本の脱着用基軸ボルトで対応しています。

組立後の調整は、スライド床面と側面にある底板と側板を調節用ハンドルで動かす方式ですので、これまた数分で微調整が完了します。

また、かさばる礎台……これは砲台の基礎部分のことですが、これを三分割しました。砲架が収まる部分を切り放し、梱包時の容積を縮小してあります。また礎台と旋回盤を繋ぐギア部分も切り放し、こちらは旋回盤のほうへ一体化しました。

これらの連結には、可能な限りアタッチメント方式を採用し、調整が必要なボルト締めを排除しています。ただ、噛み合わせによるアタッチメント方式だと、どうしても使用していくうちにガタが出ますので、それを調整するハンドルが追加されています」

本田が指し示したのは、数多くある木箱のひとつにすぎない。

それでいて、いま口にしたほどの改良点がある。

しかも……。

こうして試作品が梱包されているということは、すでに実射試験を含めた全行程が完了し、あとは八島へ搬入するだけになっているはず。

最初は砲塔や砲座丸ごとの交換になるが、その後は損壊した部分のみ交換すれば良くなる。

しかも現場での滑車とチェーンを用いた交換も、本田の言葉を借りれば、各部品ごとに数十分、おそらく全体交換でも数時間程度で終了してしまうはずだ。

むろん重量のある二〇センチ砲などでは、もっと時間がかかる。

しかし従来装備だと、そもそもドックか船台のある港湾へ戻らねばならない。そこでの交換も、別の場所に保管してある装備を持ってきて、一週間ほどかけて設置と調整をしなければならない。

それが最短だと、射撃可能になるまで丸一日程度に短縮できる。

しかも港湾ではなく洋上で可能なのだ。

機関砲あたりだと更に短縮できるし、もしかすると戦闘中でも交換可能になるかもしれない。

これればかりは実戦の最中にやってみないとわからないが、可能性としては大いにありそうだ。

「破損頻度の激しい重層パネルに関しても、今回の改良で、より抗堪（こうたん）性能が向上している。先ほど鋼筋と言ったが、あれは便宜上そう言っただけで正確には違う。

詳しくは砲の改良と同じく極秘扱いなので言えないが……ようは割れて衝撃を吸収するパネルに、今度は弾性を付与することになったのだ。

これにより、表層の鋼板による弾性防御に加え、コンクリート板そのものも、割れつつも弾性を発揮することになる。より高度の衝撃吸収能力を得ることができるようになったのだ」

江崎は極秘となっている具体的な内容を隠しつつも、なるだけ本田に理解できるよう説明している。

だが本田の表情は、あまり芳しいものではなかった。

同じ海軍の研究部門であっても、部所が違えば極秘事項の照覧対象外となる。

どの部門の極秘事項も知りうる立場なのは、いま本田の前にいる江崎と、さらなる上層部のみなのだ。

「良くは理解できませんでしたが、それで八島がさらに耐えられる艦になるのでしたら、我々の努力も報われます。八島の本体を守るのが重層パネルと舷側防御ブロックなら、八島の戦闘能力を持続させるのが、我々の迅速組立式装備ですから」

「ああ。そのふたつは今後、八島の両輪となるだろう。ただし、破壊力が強化されたり速力が増大したりといった、目に見える改良ではないので、敵が気づくのは、ずっと後になるだろうな。

そして気づいた時には、時すでに遅しだ。いくら破壊しても、八島の戦闘能力は容易に低下しない。ゆいいつ重大ダメージを与えられるとすれば、艦尾の推進装置を破壊することだ。

だが、むき出しになっている六基のスクリューは破壊できても、残る二基のダクト式推進装置を破壊するのは至難の技だ。

八島はダクト式スクリューだけで一〇ノット出せる。たとえ一〇ノットであっても推進力を残していれば、八島はまったく支障なしに戦い続けられる。

むろん速度の低下は作戦行動を制限する。だから、いずれはきちんとした港湾施設で推進装置の修理をしなければならない。が、しかし……最悪でも、作戦途中で八島が曳航されるといった事態は起こり得ない」

江崎の話を聞いていた本田は、話の最後でぷっと笑いを漏らしてしまった。

「八島を曳航って……どこに、それを可能とする艦があるんです？　たとえ長門と陸奥の二隻が全力で引っぱっても、おそらく五ノットも出せないんじゃないですか？」

笑われた江崎だったが、こちらは生真面目な顔で返答した。

「ああ、その通りだ。そもそも八島は、曳航することを考慮していない。一二〇万トンを越える巨体といえども、時間さえかければ動くには動く。しかしそうなると、今度は慣性力により止まれなくなる。下手をすると曳航している艦に衝突する。

そこまでの危険を犯して曳航するくらいなら、面倒でもダクト式推進装置を装備したほうが良い。そう私は考え、何度も却下されそうになるたび、自分の首をさし出しながら抵抗したのだ」

なんと江崎は、首をかけてダクト式推進装置を守ったらしい。

海軍には色々と開発秘話があるものだが、おそらくこの件も、いずれ伝説化して語り継がれることだろう。

なぜなら江崎が守りきったダクト式推進装置は、のちに世界で絶賛されるほどの画期的な装備だったからだ。

なんと八島の巨大すぎる艦体を、ずっと小さい拡大大和型設計艦なみの、小さな旋回半径で動かせるように変貌させたからである。

ダクト式推進装置の最大の特徴は、片方のダクト水流を逆進させることにより、ちょうど戦車の超信地転回（スピンターン）にように、その場で艦を回転させることが可能になることだ。

もちろん、ダクト水流のみでの転回となると、かなりの時間がかかる。

そこで普段は、通常のスクリュー六本と主舵／後部副舵／前部副舵をフルに併用する。

ちなみに……。

ダクト水流を使用しない場合の最小旋回半径は、二六ノットだと三キロを越える。

これが、すべて併用すると横一二五〇メートル／縦一二〇〇メートル（大和型は横六四〇メートル／縦五八九メートル）にまで小さくなるのだから、もはや必須の装備と言えるだろう。

「八島は、日本海軍……いいえ、日本国が総力を結集し、一〇年の歳月をかけて産み出した最高傑作です。だから、一年二年で諸外国に真似できる代物ではありません。しかも八島は、いまも進化しています。大丈夫、八島は負けません」

本田はとくに、『進化している』という部分を強調した。

自分たちが担当した部分だからこそ、自負の念をもってそう言ったのである。

「我々には八島しかない。最初からすべて託すつもりで建艦したのだ。もしかしたら、大和型戦艦を何隻か建艦したほうが良かったのかも……そう思わんでもない。しかし大和では中途半端だ。沈む可能性のある艦は、いくら巨艦でも大きな戦艦にすぎないのだから」

不沈艦。

これまで江崎は、何度その言葉を吐いたことだろう。

物理学的に言えば、沈まぬ船はない。

それを理系出身の江崎が知らないはずがない。

だから必ず、不沈艦となる条件を付けて説明してきた。

ある一定の条件下では、八島は確かに不沈艦となる。

その条件とは、絶対防御区画と呼ばれる、凄まじいまでの装甲と鋼筋コンクリート壁で囲まれたバイタルパートを破られないことだ（絶対防御区画は江崎の造語。これまでは集中防御区画と呼ばれていた）。

八島は、絶対防御区画以外のすべての部分の浮力を失っても、区画内の浮力のみで浮いていられる。

実のところ、これが八島が画期的な艦である最大の理由だった。

＊

現地時間、二四日夜。

ようやくオアフ島の北端をまわりこんだハルゼー部隊は、そこでニミッツ長官から、南岸にいるスプルーアンス部隊とオアフ島東方沖で合流するよう命令を受けた。

「ええい！　スプルーアンスに護衛してもらう必要はない!!　さっさとオアフ島南岸にもどして、

敵空母部隊を殲滅するよう命令しろと返電してやれ‼」

　ハルゼーが激怒するのは、彼の性格からすると当然の結果である。

「無理です。ニミッツ長官は、この通信を最後に真珠湾の艦隊司令部を離れ、陸海共用の山岳要塞へ移動なされるとのことでした。なので、しばらく音信が途絶えるそうです」

　部隊参謀長が、怒りの矛先が向かないよう恐縮しながら反論した。

「うぐぐ……ならば仕方がない。合流だけはしてやる。ただし合流だけだからな。合流したら真っ先にスプルーアンスに会って、山岳要塞に引きこもるニミッツ長官へ出撃嘆願をさせてやる！」

「…………」

　参謀長は、あえて反論しなかった。

　時系列的に見て、スプルーアンス部隊が合流してから再出撃する頃には、八島は真珠湾のそばまで来ている。

　そうなると、下手にオアフ島南岸へ接近したら、八島の主砲射程に入ってしまう。

　空母部隊が主砲射程内に入るなど正気の沙汰ではない。

　またその頃には、敵の二個空母機動部隊もハワイに相当接近しているはずだ。

　となると敵機動部隊は、ハワイ全域に索敵機を飛ばし、攻撃半径内に米空母部隊がいないか探りはじめる。

　それにスプルーアンス部隊が引っかかれば、まず間違いなく航空攻撃を受ける。

　発見されるのが夕刻であれば、あるいは夜の闇に紛れて逃げられるかもしれない。

　しかしその場合であっても、鈍速の護衛空母を連れている限り、逃げられる距離は限られる……。

スプルーアンス部隊の移動速度は、最速で一八ノット。対する日本の空母機動部隊の最大速度は三〇ノット。最初から勝負にならない。

たしかに航空隊を出撃させれば、一矢報いることも可能かもしれない。

だが、それは無謀な掛けだ。

スプルーアンス部隊の持つ戦力は、おおよそ正規空母三隻ぶん。

これで日本の二個空母機動部隊を同時に叩くのは、どう考えても無理だ。どうしても一個に的を絞る必要がある。

その結果、日本海軍の一個空母機動部隊に相応の被害を与えたとしても、ほぼ同時に、無事なもう一個から反撃を食らい、まず間違いなくスプルーアンス部隊は壊滅的な被害を受けてしまう。

いまここで、ふたたび太平洋に正規空母がいない状況に陥ったら……。

今度こそ万事窮すだ。

ハワイを攻略されているあいだ、合衆国軍は航空支援を受けられなくなる。

ハワイを取られたら、今度は西海岸にいたる北東太平洋全域の制空権を取られ、西海岸に対しても航空攻撃が可能になってしまう。

これらに対する唯一の反撃手段は、西海岸の要所にある米軍の陸上航空基地のみ。

幸いなのは、ハワイと違い西海岸には、新鋭の迎撃機が多数配備されていることだ。

たまたま装備更新に関連する訓練目的で配備された機体だが、それに熟練パイロットが乗りこめば、場合によっては零戦でも危うくなる。

新型機のエースとなるのは、陸軍戦闘機のP－47サンダーボルトだ。

正真正銘の大型戦闘機であり、零戦の七・七ミリでは、乗員を直撃しない限り落とせない。

では二〇ミリではどうかと言えば、初速の遅い二〇ミリでは接近して射つしかなく、最大速度が六九七キロもあるサンダーボルト相手では、狙うタイミングすら掴めない（零戦二一型の最大速度は五三三キロ）。

したがって、安易に米軍基地に航空攻撃を仕掛けたら、よほどの奇襲でもない限り、返り討ちにあって大被害を出すことになる……。

だが、ここにも打開策はある。

それは航空攻撃ではなく、八島部隊を先に西海岸へ突入させ、艦砲によって沿岸部の陸上航空基地を袋叩きにすることだ。

むろん、八島は凄まじい反撃を食らうはずだ。

しかし八島なら耐えられるし、その後に復旧できる。

さすがに射撃地点から五〇キロ以上離れた内陸部は砲撃できない。

だが、たとえばサンフランシスコを例にとれば、金門橋外側から海軍の要衝であるオークランドまでは二四キロ。

すこし南に下がったサン・グレコリオ沖からサンノゼまで四七キロしかない。

ようはサンフランシスコおよび周辺の大都市のほとんどが、ほんの少し移動すれば射程内に入るのである。

日本の空母航空隊は、八島が陸上航空基地を潰した後に接近し、あらためて内陸にある米航空基地を潰せば良い。

陸上にある滑走路は動かせないが、空母は自在に動くことができる。

米陸上航空隊は事前に索敵して、日本の空母部隊の位置を把握しないと出撃できない。これに対し日本側は、敵滑走路が動かないせいで索敵する必要すらない。いつでも奇襲が可能なメリットは、空母航空隊ならではのものなのだ。

ここまで差があると、どちらが勝つかは明らかである。

米軍の航空基地さえ潰せば、その後はハワイと同様、やりたい放題になる。

これらの悲惨な未来が、参謀長には見えているのだろう。

自らの身をもって八島の脅威を体験した者だけが、この未来を見ることができる。

ただし、ハルゼーを除いては。

　ハルゼーは、なんとしても八島の脅威を『ハワイ限定』に収めようとしている。

西海岸まで行かせたら、取り返しのつかないことになる。

その危機感が、いまハルゼーを叫ばせていたのである。

四

現地時間、二六日朝　セイロン

「おっ、来た来た！」

ここは日本軍によって再整備されたトリンコマリー港。

とはいっても、重要港湾施設は意図的に攻撃目標から外していたので、誤爆や誤射で破壊したものだけをピックアップし、補修して再使用が可能かどうかを検討したにすぎない。

声を上げたのは、海軍陸戦隊呉旅団に所属する後藤信八（ごとうしんぱち）一等兵だ。

そして横にいるのが、同じ小隊に所属する二人の二等兵——河原武史（かわはらたけし）と武藤正吾（むとうしょうご）である。

三人はいま、陸戦隊用にあてがわれた埠頭にいる。

　もう少しすると旅団司令官や参謀たちもやってくる事になっている。

　すべては、シンガポールから遠路はるばるやってきた、伊豆型特殊工作輸送艦『丹後(たんご)／能登(のと)』の二隻を出迎えるためだ。

「シンガポールからセイロンのトリンコマリーまで、おおよそ二七〇〇キロありますよ？　それをたった三日でやってくるなんて、本当にあれは輸送船なんですか？」

　計算が得意な河原が、暗算の結果に驚いている。

「あれは輸送艦でもあるし工作艦でもある。しかも艦隊に随伴可能な巡洋能力も与えられている。最高速度は二六ノットだが、今回は二四ノットくらいでやってきたみたいだから、頑張ればもっと早く目的地に着けるぞ」

　どうやら事情通らしい後藤は、上官から聞いたままの知識を披露している。

「あれに戦車や大砲がたんまり載せられているんですね？」

　まだ幼い面影が残る武藤は、小隊で一番若い。

　その理由は、武藤が海軍幼年学校を卒業した若手のホープだからだ。

　とはいっても、その存在はあまり知られていない。なぜなら海軍幼年学校は開戦直前になって開設された新しい学校だからだ。

　陸軍幼年学校は以前から存在している。だが海軍のそれは存在しなかった。

　戦争が回避不可能となった時点で、将来の若手士官が不足するのは目に見えていた。そこで海軍兵学校の増員と同時に、陸軍にならって幼年学校の設立が行なわれたのである。

　幼年学校を出た者は、進級試験を受けて兵学校へ進むか、そのまま若年下士官として兵役につくかを選択することができる。

　兵学校に進学すれば将来は尉官になれるが、そのまま兵役だと、すぐに軍曹になれる。一五歳で入学するから卒業するのは一八歳。

　これは赤紙で召集された一般兵とたいして変わらぬ歳であり、それでいて階級が上の軍曹になれるのだから、そのまま兵役につく者も多い。

　ただし武藤のように、海軍本体ではなく陸戦隊を志願する者は、相当の変わり者だろう。

　ちなみに、いまの階級が二等兵なのは、まだ兵役について二ヵ月のため見習い期間中だからだ。

　最低でも三ヵ月の見習い期間を経て、ようやく正式に二等軍曹へ昇格する。

　当然、いまは同僚扱いの河原だけでなく、上官の後藤も、一ヵ月後には階級が逆転してしまうことになる。

「あれに載せられている装備は、すべてインド国民軍のためのものだ。俺たち用は、別便の鈍速輸送船で送られてくる。いまトリンコマリーで猛訓練しているインド国民軍は、来月にも完全武装化した上で、とりあえずはコロンボに移動する。

　そして南遣艦隊の作戦が始動すれば、海軍輸送部隊の力を借りて、インド最南端にあるカンニヤークマリ近郊の浜辺に上陸することになる。

　まあ、上陸作戦といっても、俺たちみたいに強襲上陸するんじゃなくて、すでにインド独立派陣営が実質支配している都市への進軍だから、英インド植民軍も、潜伏させてる特殊工作員による嫌がらせ程度しかできんはずだ。

　当面は、南のカンニヤークマリと東部のチッタゴンがインド革命勢力の本拠地となる。まずは本拠地の守りを固め、インド各地の革命勢力を煽るかたちで混乱を巻き散らす作戦だ。

　これに対し英インド植民軍は、軍内部に反乱分子がいるかもしれない恐怖から、しばらくはまともに対応できないだろうな」

後藤の知識は、かなり広汎なものとなっている。たかだか一等兵に、これほどの情報が集まるわけがない。おそらく中隊長あたりと個人的に関係があり、そこらへんから聞きかじっていると思われる。

「英軍側としても、無理矢理に裏切り者を摘発したら、兵士だけじゃなく国民にまでそっぽを向かれますしね」

さすが兵学校の下部学校出身らしく、武藤はなかなか頭が良い。

まだ後藤の話をうまく理解できていない河原とは大違いだった。

「ああ、ともかくインドはインド人にまかせることになっている。俺たちは、そのうち別の作戦に投入されるはずだ。こればっかりは極秘扱いだから、作戦の内容どころか、いつ頃に実施されるかなんかも教えてもらえんかった。

ただ……上層部はすでに知ってるみたいだ。まあ、これは俺の勘だけどな。なかなかの大作戦みたいだぞ。中隊長の顔を見ていれば、どことなくワクワクしてるのが判るからな」

ハワイで最大規模の作戦を実施中というのに、遠く離れたセイロンでも、まもなく何かが動きはじめる気配がある。

わざわざ伊豆型特殊工作輸送艦二隻がやってきたのも、インド国民軍への武器供与だけのためではないはずだ。

その証拠に、二隻は積み荷をすべて降ろすと、トンボ帰りでシンガポールへもどる予定になっている。

そしてシンガポールには、ここ二ヵ月の間に、二隻以外の輸送船も大挙して参加しての、日本本土からの一大物資輸送作戦が実行されてきた。

日本とシンガポールの間の海には、まだ米潜水艦が潜んでいる。

そのため少なからずの輸送船が沈められているが、一ヵ月前くらいに『戦時海防艦』と呼ばれる『一号海防艦』が海上護衛総隊へ配備されるようになってからは、少しずつだが米潜水艦を撃沈したとの報告も増えてきている。

この輸送作戦には、シンガポールへ物資を集積する以外にも、もうひとつ重要な役目があった。

それは南洋各地で産出する石油や軍事物資を、加工技術のある日本本土へ運ぶことだ。

とくに石油は重要とのことで、二万八〇〇〇トンある伊豆型特殊工作輸送艦の余剰浮力を維持するための艦内タンクへ、これでもかと石油をぶち込んで運んだらしい。

コンクリート船は、どうしてもコンクリ部分がかさばるため、鉄製の船より容積が増える。簡単にいえば、鉄船の一・五倍ほどのサイズでないと、必要な浮力を得られない。

そのため艦内の空間は無駄に広くなる。

それを逆手に取って、可能な限りの艦内タンクに石油を搭載することで、石油タンカーも真っ青の輸送量を確保できるのだ。

これは八島にも同じことがいえる。

八島は莫大な余剰浮力を確保しているため、その中の一部だけ使用しても、大型タンカーが束になってもかなわないほどの液体を輸送できるのだ。

八島に比べれば、たかが二万八〇〇〇トンの伊豆型はかわいいものだ。

それでも金剛型戦艦に近い排水量をもつ大型艦のため、空荷の状態なら一万トン程度の液体を運ぶことができる（普段はバルジ水密区画となっている部分にも搭載しての数値）。

　これが八島ともなると、艦底部外側空間／艦底部防御区画内下層タンク／前部非防御区画内密閉倉庫／後部非防御区画内密閉倉庫／バルジ内水密区画、バルジ上部タンクに目一杯入れると、じつに五〇万トン近くの石油を搭載できる。

　むろんこれは、浮力をかなり減らした計算上のものなので、実際に安全係数を入れると三〇万トンほどが現実的な数値になるはずだ。

　それでも三〇万トンである。

　石油一トンは約一キロリットルだから、三〇万トンは三〇万キロリットルだ。

　一九四一年度の海軍における重油消費量が約一〇〇万トンだから、なんと八島が一回運ぶだけで、年間消費量の三分の一弱を満たす計算になる。

　そして驚くべきことに、三〇万キロリットルという数字は、日本の国内石油生産量に匹敵する数なのだ。

　これはもう、一万トン級の大型タンカーが束になってもかなわない、前代未聞の輸送量なのである。

「てっきり陸戦隊は、ハワイや米西海岸に殴り込みをかけるって思ってたんだけどなあ」

　ようやく口を開いた河原が、どことなくピント外れなことを言った。

　すぐに後藤が答える。

「ハワイには横須賀陸戦隊が行ってるだろ？　今頃はもう上陸してるかもな。さすがに米西海岸は遠いし、補給線も繋がらない。乗りこんだはいいが、補給が途絶えてオダブツって可能性もあるから、たぶんやらないんじゃないか？」

　後藤の返事と疑問には、武藤が答える。

「ハワイだって相当苦しいって話、幼年学校から兵学校へ進学した奴が、先輩から聞いたそうですよ。だから個人的な考えですけど、上陸作戦は一時的に真珠湾を制圧する程度で終わらせ、あとは米側の出方を見るんじゃないでしょうか。
これならハワイに行った陸軍四個師団と陸戦隊一個旅団も、予備兵力を含めて交代しつつ運用できますし、戦闘の主体は連合艦隊が砲撃で行なうんじゃないかと」

なかなか見識のある武藤の返事だったが、すぐに『知ったか自慢』の後藤が反論した。

「馬鹿だなあ、武藤は。それじゃ何のためにハワイくんだりまで行ったのか、まるで判らんだろうが。ハワイを恒久的な日本軍の要塞にしてこそ、北太平洋全域に睨みを利かせられるってのに」

「でも、兵站が……」

この場合、武藤の意見が正しい。

いくら兵力を送りこんでも、武器弾薬、糧食が尽きれば戦えない。

日本海軍は必死になってハワイへの輸送路を確保しようとするだろうが、それには限界がある。

それこそ八島をピストン輸送に使えば何とかなるが、それでは本来の役目が果たせない。

つまり……。

日本軍には長期的にハワイを維持する能力がない。

これを連合艦隊は、いったいどうするつもりなのだろうか。

いや、それどころではない。

ハワイですら戦線を維持できないというのに、インド方面においても、何やら怪しげな噂が飛び交っている。

無為無策のまま戦線拡大したら、元の木阿弥どころか自滅へつながる。

それを知らない山本五十六ではないから、何かしらの策を講じていると信じたい……。

言い負かされた格好の武藤は、口を閉じながら、そんなことを考えていた。

＊

ハワイ時間、二六日未明。

「先ほど大本営海軍部より、予定通りインド支援作戦が開始されたとの通達があった。よってこちらも予定通り、これよりハワイ上陸作戦を実施する！」

八島の艦橋に上がった山本五十六は、通信参謀から渡された電文を片手に、北太平洋作戦第二段階の最後を飾る上陸作戦の実施命令を下した。

「宇垣。これにて北太平洋作戦第二段階は、ＧＦ司令部から陸軍の上陸作戦司令部へ受け渡される。その後の連合艦隊は、引き続き上陸支援とオアフ島各地への長距離砲撃を担当する。

指揮権を移譲するのだから、今後は陸軍司令部に決定権が移る。その点をＧＦ司令部や参謀部だけでなく、陸軍と関りのあるすべての部門に徹底しておいてくれ」

開戦からこれまで、常に戦争の主導権は海軍にあった。

しかし今回初めて、オアフ島へ上陸する陸軍部隊の司令部に指揮権が渡される。

これは前もって決まっていたことだが、果たしてうまく機能するか山本にも自信がなかった。そこでダメ押しとばかりに、宇垣に命じて、トラブルを未然に防ぐ命令を下したのである。

「陸軍側が無茶な要求……たとえば、現在は攻撃対象から外しているカネオヘ港を砲撃してくれと要請された場合などは、そのまま受け入れてよろしいのでしょうか？」

「カネオヘを非戦闘地域に指定し、そこから民間人を米本土へ脱出させる計画は、天皇陛下御自ら御聖断なされたことだ。よってそれを破るのは統帥権の干犯となる。絶対に応じてはならない。

もし本当に陸軍側がそのような要請をおこなってきたら、まず大本営海軍部を通じて陸軍参謀部に確認を入れ、大本営会議において陛下に御聖断して頂かなければならない。この手順なしに受け入れてはならん」

意地悪な質問をした宇垣だったが、山本は正論で返した。

実際、山本が言った流れでなければ、陸軍の要請は通らない。もしGF司令部が独断で受け入れたら、それこそ北太平洋作戦に従事している陸海軍部隊すべてが、統帥権の干犯をしでかす大罪人になってしまう。

「宇垣。あくまで陸軍の要請を受け入れるのは、陸海軍の合意事項に準じている場合のみだ。もし判断に悩むような案件を送ってきたら、GF参謀部で判断せず、速やかに儂へ伝えるよう厳命する。いいな？」

「もとより承知しております。では、上陸作戦の実施命令と共に、陸軍司令部への指揮権移譲の手続きを行なってまいります」

本来なら指揮権移譲といった重大事案は、いろいろと面倒くさい手続きが必要になる。

しかし今は連続した作戦を実行中のため、すべての手続きは事前に終わらせ、あとは書類数枚の受け渡しで済ませられるようになっている。

宇垣参謀長は、それをいまやりに行こうとしているのである。

「ああ、よろしく頼む。もし儂の署名や長官捺印が必要なら、面倒でも儂のところまで書類を持ってきてくれ。いかなる状況でも最優先で扱う」

「了解しました。では」

今度こそ宇垣は、早足で艦橋を去っていく。

手順として、ＧＦ司令部が陸軍司令部の担当者を呼びつけるのは、これから指揮権を渡す相手としては相応しくない。

となると、現在真珠湾口で停止している八島から、陸軍司令部が乗艦している支援隊の戦艦長門へ連絡艇を出し、宇垣および参謀部員が先方へ出向くことになる。

上陸作戦は夜明け直後に開始される予定なので、先方は宇垣の到着を待っているはずだ。なので迅速に行動しないと作戦実施が遅延する原因になる。

これだけは避けなければならないため、宇垣も早足になって当然だった。

第四章　新作戦、始動！

一

一〇月一日　真珠湾

「制空権と制海権を失った軍が、これほど脆いとはな」

ここはハワイの真珠湾を望む湾口。

上陸作戦が開始されてから丸五日が経過した。だが、あい変わらず八島は動かず、ひたすら主砲と副砲でオアフ島を叩き続けている。

八島の右舷第一上甲板にいる山本五十六は、右舷正面に見えるヒッカム飛行場の残骸に目をやっている。

かつてハワイ最大の航空基地だったものは、いまや月面もかくやと思わせるほどのクレーターがあちこちにでき、そのあいだに、航空機や対空射撃砲座だったものの残骸が散らばっているだけの荒野にしか見えない。

特徴的なカマボコ型の格納庫で、原型を留めているものはない。

それはコンクリート製の基地施設も同様で、ただの産業廃棄物の塊と化している。

「まあいい。どのみち修復するのはフォード島の滑走路だけだ。オアフ島には海軍の陸上航空隊のみを駐屯させ、陸軍航空隊はミッドウェイに布陣することになる」

山本の目が、さらに遠く――やや霞んだ風景となっている中央山岳地帯を見はじめた。

視線の先には、米陸海軍部隊が逃げ込んだ山岳要塞がある。

その要塞の裏からカネオへまでは立派な道路が繋がっている。だからやろうと思えば、米軍が山岳要塞を捨ててカネオへへ退避するのは簡単だ。

日本軍は、あえて米軍に逃場を用意し、無用の戦闘を避ける策に出たのである。

これらすべてのお膳立てをしたのが日本側なのだから、連合国からすれば、なんとも『お人好し』の愚策に見えていることだろう。

だが……。

それは戦争理論に当てはめた場合であり、政治的には間違っていない。

日本は合衆国市民の意志をことさら重要視している。だからこそ、敵側すら呆れるほどの住民保護策を展開しているのだ。

「長官、そうでもないですぞ。たしかに米陸海軍は、真珠湾およびにオアフ島南部を放棄しましたが、山岳要塞に引きこもった後は、いくら我々が降伏勧告しても聞き入れず、いまも頑固に篭城をしとります」

反論したのは、山本の横に立っている横須賀陸戦隊第一旅団長の太田実大佐だ。

ちなみに横須賀陸戦隊というのは略称で、正式名称は第一連合特別陸戦隊という。

特別陸戦隊は鎮守府ごとに設置されている陸戦隊のことで、横須賀／呉／舞鶴／佐世保などが有名だ（開戦前の一時期、上海特別陸戦隊も存在したが、これは特例措置である）。

各鎮守府の陸戦隊は、開戦前は大隊規模の編成だった。

だが開戦後は、北太平洋作戦の需要を満たすため既存の部隊を連合し、さらには各鎮守府の海兵団からも転属させるかたちで、なんとか旅団規模にまで成長させたのだ。

「あれほど粘るということは、よっぽど要塞内に備蓄があるんだろうな。フィリピンのコレヒドール要塞を攻略するのに三ヵ月を要したが、今回の場合、八島の主砲弾により要塞の弾薬庫が爆発炎上しているから、もう少し早く降伏するのではないかと思っているのだが……」

ハワイの弾薬庫といえば、真珠湾の西側にある広大なルアルアレイ海軍弾薬庫が有名だ。

この弾薬庫は開戦前から拡張工事が行なわれており、そこに住んでいた砂糖黍農家の日系人を強制退去させるさい、軍による拉致が行なわれたとの情報がある。

これは開戦後、日本の情報機関が収集した情報である。

オアフ島の日系人は、じつに人口の半分を占めている。GF司令部は、その多くが敵性外国人として強制収用されつつあるとの情報を得ていた。

強制収用された日系人の多くはアメリカ本土へ抑留されているが、オアフ島にも一時的な抑留を行なう施設――抑留所がある。

そこでGF司令部は、上陸作戦と同時に、抑留所の日系人を救出する作戦を実施することにした。

当然、ルアルアレイ海軍弾薬庫の近くにあるホノウリウリ抑留所を確保するまでは、安易に弾薬庫を破壊できないとして、とくに綿密な救出作戦が練られたのである。

具体的には、ワイキキビーチへの上陸作戦は陸軍主体で行ない、同時に横須賀陸戦隊による、南西部のナナクリ海岸に対する隠密上陸作戦が実行に移された。

ワイキキビーチに目が行っていた米軍部隊は、この陸戦隊による夜間上陸には、まったくと言って良いほど気付かなかった。

そのため、米軍が陸戦隊の上陸を察知したのは翌日の未明――陸戦隊がホノウリウリ抑留所へ突入したとの報告を受けてのことだった。

八島の二〇センチおよび一二センチ砲の支援を受けての突入だったため、収容所守備隊は混乱の極にあり、ほぼ無血開城に近いかたちでの解放となったのは幸いだった。

そして一両日かけて、収容されていた日系人四〇〇〇名以上を、無事にナナクリ海岸の陸戦隊橋頭堡まで移動させた。

今後の予定では、一時的にナナクリ海岸に設置した仮設キャンプで過ごしてもらい、真珠湾の安全が確保されたら、ただちに周辺にある米軍宿舎を割り当てることになっている。

当然、彼らは無職だ。

生活の一切合財を放棄させられた上で抑留所へ連れていかれたのだから、財産となると着ているものと手持ちのカバンくらいのものである。

作戦予定では、オアフ島の大半部分の安全確保ができたら軍政が敷かれることになっている。そこで始めて、彼らの陳情を受け入れ、失った土地や財産の、可能な限りの返還が行なわれる予定になっている。

ただ日本側としては、永続的なオアフ島確保は考えていない。そのため彼らは、あくまで米国市民として扱い、他の住民と区別することのないよう厳重に通達がなされている（もちろん日本への再帰化を申請すれば認められる）。

八島による砲撃は、日系人の避難が完了した、同日朝九時に始まった。

東側にある弾薬庫から順に、確実に破壊するため狙い撃ちしたのだ。

それはもう、言葉に表わせられないほどの大爆発の連続だった。

数十箇所ある弾薬庫が、一ヵ所ごとに爆発炎上していく。その様が、真珠湾をはさんだ東側のワイキキビーチでも、地響きと轟音をともなって眺められた。

それに比べれば、山岳要塞にいくつかある弾薬庫の爆発など、話題にならないほど些細な出来事だった。

しかし戦術的には、山岳要塞の爆発のほうが無限倍に重要だ。

米太平洋艦隊……真珠湾には、すでに戦える敵の軍艦はいない。したがって、いくら海軍弾薬庫に莫大な数の弾薬が保管されていても、誰も使う者がいない。

これに対し山岳要塞の弾薬庫は、今まさに使用中の生きている弾薬庫だ。

まだ何個か残っているとはいえ、八島が破壊した弾薬庫は要塞で最大のものだから、今後は立てこもっている米陸海軍部隊も、次第にジリ貧になっていくはず……。

それを加味した上での、山本五十六の感想だった。

二人がなおも話を募らせようとしていたら、いきなり上甲板全域に、スピーカーからの音声が響いてきた。

『一〇分後より、艦載砲による対地射撃を開始する。使用する砲は、各主砲／右舷側の副砲／右舷の二〇センチ砲である。よって各甲板にいる者は、ただちに艦内へ退避せよ。以上、八島艦長』

「おお、もうそんな時間か。今朝から八島に対する敵の攻撃が途絶えているため、久しぶりに上甲板に出てみたが、すこし長居をしすぎたようだ。太田旅団長も、作戦会議が終了したら、ただちにナナクリ海岸へ戻るんだったな？」

太田に話しかけた山本は、周囲にいるＧＦ司令部警備隊員に対し、移動するぞと目線で合図を送った。

　これに太田も同調し、太田を護衛してきた陸戦隊警備兵に、艦内へ退避するよう命令した。

　その上で、艦内出入口になっている対爆ハッチへ歩きながら、山本への返答をしはじめる。

「明日夕刻までは、ナナクリ海岸から南のカポレイまでの八キロ区間を死守することになります。その後は真珠湾方向へ進軍し、早ければ明後日の夜までには、東方向から進撃してくる陸軍部隊と合流を果たす予定になっています。

　この作戦行動の障害となるのは、ワヒアワを死守している米海兵隊一個連隊のみです。ハワイを守備している米軍部隊の主力は山岳要塞に入っていますので、残りはカネオヘに海兵一個連隊、北部のハレイワに陸軍一個連隊がいるだけです」

　ハワイには約四個師団の米陸軍部隊と一個旅団規模の米海兵隊がいた。

　このうち、連日の爆撃と八島による砲撃で、陸軍は一個連隊規模の三〇〇〇名余、海兵隊は二個大隊規模の一六〇〇名余が死傷している。

　これは戦闘員以外の将兵も含んだ数だから、思ったより米側は戦力を減らしていないことになるが、真珠湾を守りきれないと判断したらすぐ、山岳要塞での持久戦に転換したと考えると、それも当然の結果と思えなくもない。

「東のハレイワ港は、ハワイを退避する民間人のために攻撃を取りやめているが、きちんとその意図が米軍へ伝わっていれば良いが……」

　上陸作戦の開始と同時に、GF司令部は八島の通信装置を使い、民間の中波ラジオ放送の周波数で英語による放送を行なった。

　オアフ島の全住人は、早急にハレイワ港へ退避し、そののちは粛々と米西海岸へ輸送船で脱出して欲しい。非武装を貫くかぎり、日本軍は攻撃しないと伝えたのだ。

これを謀略と受け止められたら、住民の命を守ることはできない。

そのことを山本五十六は心配していた。

「一ヵ所に住民を集めて一網打尽……そう判断されれば終わりです。それでもハレイワ港は、オアフ島で最後まで攻撃されない場所になりますし、上陸部隊も島の西半分しか占領する予定しかありません。まあ、最終的には全島くまなく、重要施設は破壊しますが」

「こちらの温情をアダで返し、ハレイワ港へ軍艦を入れたら、ただちに航空攻撃で沈める算段はしてある。あくまで港へ入れるのは非武装の輸送船のみだ。放送でもしっかり言っているから、米軍も勘違いしようがない」

ここまで言った段階で、全員が対爆ハッチの前に集合した。

「話はこれまでだ。陸戦隊の諸君は、追って通達があるまで艦内の兵員食堂でくつろいでくれたまえ。GF司令部警備隊は、艦内に入ったら元の所属へもどれ。では」

ハッチをくぐった山本は、中の通路でそう宣言すると、さっさと八島の檣楼エレベーター方向へ歩きはじめる。

その背に、太田旅団長の声が掛けられた。

「今後は陸戦隊の連絡将校を送ることになりますので、私は当面、陸に上がったままになります。おそらく長官へ御挨拶できるのも、ハワイではこれが最後かと。なのでぶしつけながら、ここで長官ならびにGF司令部の戦勝を祈らせて頂きます。どうかご無事を！」

太田はこれから、短くても半年はオアフ島に留まることになる。

対する山本は、八島による対地砲撃が一段落する一週間後あたりで、砲撃支援を支援隊の戦艦と重巡に譲ることが決定している。

その後は流動的だ。

山岳要塞にこもる米陸上部隊が反撃に出るか、西海岸へ逃げた二個任務部隊が舞いもどってくるとかしない限り、次の作戦に従事することになる。

八島は今回の戦いで、いろいろと改良すべき点が見えてきた。

すでに本土では、改良した装備も用意されはじめている。あとは八島が横須賀のドックへ入るだけで、第一次大改装が始まることになる。

ただしその前に、八島にはやらねばならない事がある。

あくまで改装は、その後の御褒美である。

ハワイにおける八島は、あらかたの砲撃目標を破壊したら、あとは長門と陸奥に任せる。

これは当初からの予定であり、同時に北太平洋作戦第二段階の終了を意味している。

なおも陸上部隊によるオアフ島占領作戦は続くが、八島部隊としての作戦第二段階はこれで終了するわけだ。

その後の海軍作戦については、すでに決定している。

ただしこれは、黒島亀人と山本五十六が話していた『作戦』とは別のものだ。

いま大本営で立案中の作戦は、八島においては次の次にあたる作戦であり、いまだに極秘扱いとなっている。

おそらく作戦に従事する部隊と陸海軍の将兵へ解禁されるのは、八島が横須賀でドック入りした後になるはずだ。

かくして……。

たった一艦による強引な居座りにより、ハワイはいとも簡単に落ちた。

それは世界中の人々の目に、大艦巨砲主義の勝利と映った。

だが、実際には違う。

真に勝利したのは、被害を受けてもすぐに復旧する、八島の驚異的なダメージコントロール能力である。

六四センチという馬鹿げた巨砲に目が行きがちだが、いくら巨大な大砲を積んでいても、艦そのものが沈んでしまえばお終(しま)いなのだ。

条件付きだが不沈艦……。

これを実現できたからこそ、八島はこれまでも、そしてこれからも無双を続けられるのである。

太田と別れた山本は、そのまま艦橋へもどった。

そして艦橋入りした次の瞬間、その場にいる全員に対し、大声で呼びかけた。

「諸君！　ハワイにおける八島の作戦は終了した。よって八島の所属する連合艦隊主隊は、これより新たな作戦に従事することになる。

その作戦については、すでに幹部には内々に通達してある。主隊および隷下の駆逐戦隊と水雷戦隊、そして第二空母部隊の隊員については、本日をもって幹部による作戦内容の説明を行なうものとする。

連合艦隊総旗艦が八島である以上、GF司令部が乗艦する部隊が連合艦隊である。よってハワイに残留する支援隊と第三空母艦隊／潜水艦隊については、新たにハワイ派遣艦隊と命名し、艦隊司令長官は、支援隊長官の三川軍一(みかわぐんいち)中将に着任してもらうことになった。

GF参謀部は、ただちに命じたことを関連各所へ通達せよ。GF司令部は、次なる作戦である『N号作戦』開始のための準備に邁進せよ。

そして……本日夕刻をもってN号作戦の開始を

命じる。連合艦隊は本日夕刻、ハワイを出撃する。諸君においては急がせて済まないが、今しかチャンスはないのだ。

まさに今こそ、千載一遇のチャンスである。太平洋全域を日本の支配する海にするため、これより八島以下の連合艦隊は出撃する。諸君、歴史に残る戦いとなるぞ。ゆえに慢心せず、さりとて臆することなく、全身全霊をかけて戦いに参ぜよ!!」

それは命令というより、まるで檄文を読んでいるようだった。

山本が、これほど過激な文言を吐くのは初めてだ。それだけ執念のこもった作戦なのが伺える。

そう……。

ハワイを一時的に攻略したのも、ハワイの戦艦部隊をしばらく戦闘不能に追いこんだのも、すべてはN号作戦を実施するための布石だったのだ。


これより八島は、完全無線封止状況で、とある場所へ赴く。

これまで居場所を喧伝するため電波を飛ばし放題だったというのに、ここにきて一転、だんまり戦術に転向するのだ。

当然、作戦内容は、従事する艦隊以外には極秘となっている。

ハワイ派遣艦隊で知っているのは、派遣艦隊司令部の面々と第三空母艦隊司令部の面々のみだ。

日本本土に至っては、大本営陸海軍部以外には絶対漏らしてはならないとの、最大級の箝口令が出されている。

八島が次なる目標へ向かって出撃していく。

それは世界にとって、新たな幕開けとなる。

八島はあらゆる既成概念を打ち砕き、世界に新秩序をもたらす存在なのである。

二

一〇月一二日　ワシントン

「たった一ヵ月だぞ？　一ヵ月でハワイが陥落するなど、合衆国市民の誰も想像していなかったはずだ‼」

ここはホワイトハウスの地上部分にある大会議室。

いつもなら極秘扱いの国家戦略会議は、地下にある戦時会議室で行なわれる。

だが今日はルーズベルト大統領の命令で、平時用の大会議室が使われていた。

その理由は、オアフ島が陥落したとの今朝の新聞報道を見たルーズベルトが、この問題についてはもはや極秘にする意味がないと判断し、記者会見を行なう大前提で会議を行なうことにしたからだ。

ちなみに、いまルーズベルトは一ヵ月と言ったが、日本の空母艦隊が真珠湾を初めて航空攻撃したのは九月二三日だから、まだ二〇日しか経過していない計算になる。

おそらくルーズベルトは、ハワイの戦艦部隊がミッドウェイで大敗北した時点から計算したのだろう。

「いえ……それは誤報です。あくまで各新聞とラジオ局による不確定なスクープ報道でして、実際には、いまだにカネオヘ軍港は合衆国軍の支配下にあります。それに他の島々についても、日本軍の砲撃と偵察隊の上陸こそ許しましたが、大部分の土地は占領されておりません」

恐る恐る抗弁したのはコーデル・ハル国務長官である。

だが、それがまたルーズベルトの怒りを招いた。

「ああ、その通りだな！　カネオへ軍港は、日本軍によって安全を確保されている。そりゃ無事だろう。では会議後の記者会見で、そのことを記者たちに公表してもいいのか？

大統領府の見解では、ハワイはまだ日本軍に制圧されていない。オアフ島のカネオへ軍港は、日本軍による非戦闘地域指定があるため、住民脱出用の港として、日本軍によって安全が保障されている。

また他のハワイ諸島については、たしかに軍事拠点は、軒並み日本海軍の艦隊によって砲撃破壊された。各島の拠点となる地域には、日本軍の上陸部隊が橋頭堡を確保し、いま現在も内陸部に合衆国軍が潜んでないか偵察中だが、各島の全域が占領されたわけではない。この事実により、大統領府は、各島が日本軍によって制圧されたとは考えていない……となⁱ?」

ルーズベルトが完全に切れている。

いつもは身体の不調から感情を高ぶらせないよう自制しているが、今日は完全にブチ切れていた。

「そ、それは……おやめください!!」

慌ててハルが止めた。

米国民に対し、大統領府と各情報部が必死になって隠蔽している事柄を、大統領みずから暴露してしまったら、その責任を問われ、真っ先に国務長官である自分が糾弾されてしまう。

それが判っているだけに、ルーズベルトの頭をなんとか冷やそうと懸命になっている。

「大統領閣下、落ち着いて下さい。ハル長官の発言に対するお怒りは重々承知しておりますが、ここは冷静になるべきです」

アーネスト・J・キング海軍作戦部長が、なるべく刺激しないよう柔らかい物腰で声を掛けた。

キングは、今となっては、唯一ルーズベルトを諫められる立場にある。

たしかに海軍は太平洋で惨敗中だが、現在も実施中の大西洋作戦において、イギリス支援のための海上輸送作戦を主導しているのも海軍である。

そのため、ここで海軍の最高実務者の進言を無視するわけにはいかない事情がある。

「……だが、会議後の記者会見は確定事項だぞ？　いまさらキャンセルしたら、それこそ何があったと猛烈に追及されてしまう。だから記者会見を開いて、ハワイに関する民間報道に対する大統領府の見解を発表する。これは確定事項だ。

問題なのは、どう発表したら世間の信頼を得られるか、まったくわからんことだ。すでに真珠湾が日本軍によって支配され、オアフ島全土に敵戦艦の砲弾が降り注いでいることは、ハワイから避難してきた住民の口から広まりつつある。

また憎たらしいことに、敵の超巨大戦艦……ヤシマと自称しているらしいが、そこの無線設備を流用し、大出力の中波ラジオ放送を行なっている。

この電波はハワイ全土だけでなく、一部の合衆国西海岸でも聞き取れるとのことだから、すでに西海岸では日本軍のプロパガンダが浸透しつつある。そこでもハワイは日本軍によって占領されたと喧伝しているのだ！

だから、いまさら事実を隠蔽することはできん。かといって、事実をそのまま発表すれば、合衆国軍がボロ負けしていることが国民に知られてしまう。そうなれば、ハワイの次に殺られるのは合衆国西海岸だと馬鹿でも気づく……」

ハワイが奪取されたら、次は合衆国西海岸。

これは戦争の素人にも理解できる戦略的な進展である。

もちろん日本軍には、合衆国本土に攻め入る能力はない。

いや……上陸すること自体は可能でも、その後の補給が続かない。そのため上陸させた将兵を無駄に死なせるだけで、なんらメリットがない。

このことは合衆国政府も国力格差の観点から把握していて、もし日本軍が合衆国本土へ上陸する場合は、戦略的な理由ではなく、合衆国政府からの講和持ちかけを誘いだすための政治的理由によって行なわれると見ている。

つまり上陸させた戦力を見殺しにする覚悟で、日本は日米講和を望んでいるとのメッセージを送るためだ。

まさに背水の陣といった策だが、これはこれで合衆国政府もメリットがある。

まず第一に、合衆国の東西両面戦争を回避できることが大きい。

もともと米国市民は日本との戦争を望んでいなかったのだから、ここはいったん休戦しておき、日本に割いていたリソースを対ドイツ戦に投入できる。

日本もこれくらいは分析しているだろうから、いざとなれば日本が実行しそうなプランではある
……と大統領府では分析していた。

「それでは、こう発表なされたらいかがでしょう？　事実は事実でも、部分的事実のみを発表するんです。日米両軍の人道的観点による合意を経て、カネオへ港を民間人の脱出港として指定した。

そのカネオへ港には、安全確保のため合衆国陸軍の一個師団が常駐しており、日本軍地上部隊によるカネオへの侵攻を阻止する役目を果たしている。

またオアフ島以外の各諸島については、当初から水上機基地と沿岸警備部隊の基地、若干の拠点守備隊は常駐していたが、それらは現在、すべて

カネオへ港へ移動している。移動の理由は、現在の各諸島は戦略的・戦術的に見て価値のない地域だからだ。

ゆえに日本軍も、ハワイ全島を占領することはなく、軍以外のゲリラ活動や非合法組織の暗躍を防ぐため、最低レベルの偵察部隊を派遣しているにすぎない。

たしかに真珠湾のあるオアフ島は、日本軍による奇襲を受けて、主要な地点を奪取された。そうなった理由は、先に行なわれたミッドウェイ海戦とハワイ西方沖海戦において、ハワイに常駐していた旧式戦艦多数を失ったためだ。

さらには、日本海軍は愚かにも、真珠湾にある艦船補修施設を砲爆撃し、これを完全に破壊した。そのため破損した合衆国の戦艦を真珠湾にもどしても、しばらく補修できない状況が生じてしまった。

そこで米太平洋艦隊司令部は、利用価値のなくなった真珠湾を一時的に明け渡すかわりに、残存している戦艦と空母その他の艦隊を西海岸まで引きもどし、そこで完璧な修理を施すことにした。

これらの措置は、一時的に真珠湾を日本軍にゆだねる代償として、日本本土からハワイまでの遠大な補給路を担わせるためだ。国力で支えられる以上の補給路を維持しなければならない日本は、ただそれだけで疲弊していく。

そして疲れきったころあいを見て、合衆国軍は一大反攻作戦を実施する。いま現在、合衆国陸海軍は、歴史上最大となる戦時増産計画を実施中であり、それは早ければ来月あたりから実を結びはじめる。

さすがに建艦に時間がかかる戦艦や正規空母は後日となるが、陸軍の戦車や砲、海軍の潜水艦や駆逐艦、そして護衛空母は、来月から続々と完成していく。それらの習熟訓練にはもう少し時間が必要だが、それでも秋中盤には実戦配備されていくはずだ。

　新造される戦艦や正規空母については、最初の艦が完成するのは年末となっている。ハワイを奪還する反攻作戦には戦艦と空母が不可欠なため、乗員の習熟期間も加えると、実際の太平洋における反攻作戦は来年の春頃となる。

　そう、いまからだと、だいたい五ヵ月後だ。幸いにも太平洋艦隊司令部の機転により、オアフ島の住民の米本土への避難は順調に行なわれており、来るべき反攻作戦時には、民間人の被害は皆無となるだろう。

　だから、これから五ヵ月間は、ハワイ住民の避難のための必要期間と割り切るべきだ。我々合衆国本土に住む者たちは、いま英本土空襲（バトル・オブ・ブリテン）で苦しんでいる英政府と英国民のため、軍事支援を行なうことに専念すべきだ。

　国民の諸君！　ハワイは五ヵ月間、日本に高い家賃を払わせる代わりに、貸し与えてやろうではないか。その間、我々はナチス・ドイツの野望を頓挫させるため、全力で英国支援を実施しようではないか。

　もし英国が、現在の間接的な軍事支援では持たないとなれば、連合国の一員である合衆国は、否応なく直接参戦を強いられることになる。むろん我が国は、その状況になれば盟友たる英国を助けるため、強力な軍をヨーロッパ救済に当てることに躊躇しない。

　ただ……その時期を少しでも先延ばしして、そのあいだに、まず日本軍とケリをつける必要があった。だから日本に宣戦布告したのだ。

　しかし、いまの状況を鑑みて、ドイツと日本の優先順位が逆転しつつあると見ている。日本は長期持久戦を強いられると、資源と国力が枯渇して、なにもせずとも自滅していく。

対するドイツは、英国を占領したら莫大な工業力と資本力を入手でき、手が付けられない存在に変貌する可能性が高い。もちろん英国の金融や証券が壊滅したら、合衆国の金融や投資機関も壊滅的な打撃を受けるだろう。

それらをドイツのものにしてはならない。英国を得たドイツは、もしかするとソ連に手を延ばすかもしれない。ナチスは常に拡張していないと内部から腐っていく。だから国土の拡張は、ユーラシア大陸からアフリカ大陸全土に広がっていくはずだ。

そして最終的には、ユーラシア大陸においては、日本の領土拡張とぶつかることになる。そこで日本とドイツが平和裏に国境を定めて安泰となる……そんな夢物語は絶対に起こらない。

領土が接した日本とドイツは、それまでの同盟関係を破棄して戦い始めるだろう。その時こそ、連合国に最終的な勝機が訪れる。それまでは、どれだけ戦おうと地域限定の局地戦にしかならない。

ルーズベルト大統領と政府は、ここまで遠大な大戦略を構築し、それに基づいて第二次世界大戦を指導している。なのに合衆国市民が、一部マスコミの報道によって混乱し、最終的に合衆国が世界の盟主となる道を阻害してしまうとなれば、これは合衆国の国家と国民双方にとって最大の過ちとなるだろう。

なので市民の諸君は、安心して我々のやることを見守って欲しい。ためしに、周囲を見回して欲しい。諸君の周囲に、戦火に焼かれた町や村があるだろうか？　いつも昼食として食べているハンバーガーやホットドックは、果たして配給品だろうか。

野球のスタジアムは閉鎖されているか？　ラジオ放送のドラマは、戦時緊急放送のせいで中止になっているか？　各市町村の役所は、市民のためのサービスを停止しているか？　夜間外出禁止令は出ているか？　大統領は国家非常事態宣言を発令したか？

否、否、否！　すべて否だ。いま言ったすべては、合衆国本土が戦争に巻きこまれた時に起こるであろうことだが、いま現在、なにひとつ実行されていない。そう……合衆国は安泰であり、今もこれからも安泰であり続ける。

それらを保障しているのが合衆国政府なのだ。偉大なる民主主義国家である合衆国は、大統領以下すべての公僕はアメリカ市民のために働いている。そのことを、いま一度思い出して欲しい。

これから五ヵ月のあいだ、我々を信じて任せて欲しい。そして最終的な合衆国による勝利を夢見て欲しい。それが大統領たるルーズベルトの望みである……」

キングは途中から、発言内容が記されたペーパーを取りだし、それを読んでいる。

最初は記憶だけで済まそうと思っていたらしいが、万が一にでも間違えた内容を口にしたら大変だと思いはじめ、正確な内容を伝えるために、書類を読みながら発言する気になったらしい。

長すぎるほどのキングの発言が終わり、出席している閣僚の視線がルーズベルトへ集中する。

「キング部長……その紙、渡してくれんか？　すぐ秘書官に命じて、記者会見用のメッセージとして組みなおしたい」

案の定、ルーズベルトは乗ってきた。

「喜んで。もとより、そのつもりでした。ただ、後半部分にある我が国の国家基本方針に関する部分は、うまくごまかしておいてください。日本やドイツに、我が国の長期戦略を教えてやる必要はありませんので」

　そう言いながら、手に持っていた数枚のペーパーを会議室の雑務担当者へ渡す。

　それは速やかにルーズベルトへと手渡された。

「さあ……これで今日の会議は目的達成だな。私は記者会見の時間まで少し休む。諸君は仕事にもどってくれ。ご苦労だった」

　国家戦略会議とは名ばかりの政府延命会議……。

　それがキングの機転でなんとかなりそうだと理解した途端、久しぶりにルーズベルトは明るい表情を浮かべた。

　だが、ルーズベルトは……。

　キングが海軍情報部に命じて作らせた書類に、極めて重大な事項が記されていたことに気づいていない。

　それは『ドイツと日本の優先順位の逆転』である。

　ともすれば聞き流してしまいそうな一文だが、これがもし戦争遂行指針として決定してしまうと、先にドイツを潰し後で日本を潰す方針が決定してしまう。

　これこそが、キングが海軍の救済を考えて仕込んだ罠である。

　いまの合衆国海軍、とくに太平洋方面は、目も当てられない惨状にある。

　それをどうにかするには、とにもかくにも時間が必要だ。

　戦時増産計画が軌道にのり、大量の艦船が太平洋に送りこまれるようになるまで、なにがなんでも太平洋艦隊司令部を守らねばならない。

　ニミッツの更迭などに事態が至ったら、次の太平洋艦隊司令部長官は、懲罰人事をかねてキングがやらされる可能性が高い。それ以外に、もはや適当な人材がいないのだ。

　ハルゼーなどに任せたら、何をしでかすかわからない。スプルーアンスは未来の海軍を背負う逸材のため、こんな理由で潰すわけにはいかない。

　かといって自分が矢面に立つほど、キングは聖人ではない……。

　キングの個人的な思惑を含んだ、数枚のペーパー。

　それがいま、アメリカ合衆国の運命を決めそうになっている。

　そのことに会議の参加者は、誰も気づかぬまま退室しようとしていた。

　と……。

　ホワイトハウスの報道官が、待機している記者たちを放置したまま、会議室へ飛びこんできた。

「大統領閣下、大変です！」

　記者たちが痺れを切らして騒ぎ始めたのだろうか。

　そう思ったルーズベルトは、反射的に大声を出した。

「すぐに記者会見を開く。だから記者たちは静かに待たせておけ！」

「違います！　いま、アラスカ州のダッチハーバーから打電された通信内容を、新聞社の支局が傍受したらしく、そこの記者から、ダッチハーバーが攻撃を受けているとのニュースは本当かと、質問というより確認の催促が巻きおこっているんです‼」

　ルーズベルトは、一瞬きょとんとした顔になった。

「そんなことは聞いてないぞ？」

　するとそこに、今度は大統領秘書官が走りこんできた。

「陸軍情報部経由で、現地時間で本日の午前六時二分、アリューシャン列島のウナラスカにあるアマクナック島の重要拠点ダッチハーバーが、航空攻撃と同時に猛烈な艦砲射撃に見舞われているとの第一報が入りました！」

「ミスター・キング！　日本の艦隊は、まだハワイにいるとのことだったが、あれは嘘か？」

矛先がキングにむいた。

「嘘ではありません。ただ、現地の正確な情報を得るための要員が激減していますので、現在はカネオへ港周辺地区の情報しか得られていません。

その情報によれば、カネオへ港から脱出する民間船を監視するため、戦艦をふくむ多数の艦がオアフ島東岸沖に展開しているそうです。なのでハワイに敵艦隊がいることは間違いありません！」

「では、ダッチハーバーに現われた艦隊は別動隊か？　日本はいったい、いくつ実動できる艦隊を持っているんだ？　もしかして軍縮条約時代から、密かに戦力を隠し持っていたのではないか？」

とうとうルーズベルトは、日本が陰謀を働いて戦力を温存していたのではないかと勘繰りはじめた。

「それは在りえません。軍縮条約による査察は厳しいものでしたし、そのせいで日本の赤城と加賀は、戦艦から空母へ改装されたほどです。その後の無条件時代に入ってからは、例の超巨大戦艦一隻を建艦するので精一杯だったはずです」

「インド洋に一個艦隊、ハワイに一個艦隊、それで精一杯のはずだな？　なのに日本は、第三の艦隊を出してきた。これが事実とすると、我々の敵情分析は根底から間違っていたことになるぞ！」

大統領府の日本に対する認識は、主に陸海軍の情報部から得た情報をもとにしている。

なのに海軍が嘘を報告していたとなれば、大統領府は何を指標とすれば良いか判らなくなってしまう。

　ルーズベルトの目は、猜疑の念で暗く染まりはじめていた。

「距離的にいって、おそらくハワイにいた艦隊を分離したのでしょう。カネオへ港沖にいるのは長門型二隻の戦艦と判明していますので、ダッチハーバーに現われたのは、例の超巨大戦艦の部隊ではないかと」

「ということは、ダッチハーバーもまた、ハワイの惨劇をくり返すことになるぞ。現地に海軍の艦隊がいるとは聞いていないからな」

「いいえ、いることにはいます。ただ重巡一隻を中心とする巡洋部隊ですが……ダッチハーバーが攻撃を受けているとの報告からすると、すでに壊滅したと判断すべきかと……」

　キング部長の発言が、次第に滞りはじめた。

　もし自分の予想が正しければ、ハワイよりずっと防備の薄いダッチハーバーは、驚くほどの短期間で破壊され尽くされる。

　それを予見したからこその口ごもりだった。

「大統領閣下、そろそろ記者会見の時間ですが……」

　報道官が、いかにも発言するのが嫌そうな顔で告げた。

「いま大統領府にも、ダッチハーバーが奇襲されたらしいとの情報が入った。これを精査するため時間が必要だから、本日の記者会見は取りやめる。仔細が判明したら速やかに記者会見を開くから、今日のところは帰って欲しい……そう伝えろ」

　そう言い切るとルーズベルトは、車椅子に座った姿のまま、万策尽きたようにうなだれた。

三

一二日に始まったダッチハーバー攻撃は、なんと、たった三日間で終了した。

しかも実質的には二日間で、残りの一日は、特殊工作輸送艦『伊豆／房総』二隻による、ダッチハーバー周辺への機雷設置に費やされただけだ。

最後の一日……。

生き残った合衆国軍基地守備隊は、すぐ近くにまで迫った八島の異形を、これでもかと目の当たりにした。

双眼鏡を使えば、上甲板の各所で、なにやらコンクリート板らしきものを張りつけて補修している光景まで見て取れたのだ。これを、いまさら夢まぼろしとするのは無理なことだった。

そして四日目。

八島部隊は、忽然とダッチハーバーから姿を消した。

あらかたの予想は、ふたたびハワイへもどって既存艦隊と合流するとなっていた。

しかし……。

それからわずか三日後となる、一九日夜。

八島はふたたび合衆国軍の前に現われた。

場所はダッチハーバーから一四〇〇キロ離れた、アラスカ州の主要都市――アンカレッジである。

一四〇〇キロを三日間かけて移動するとなると、平均速度は約一八ノットになる。

八島部隊は、やろうと思えば二四ノット程度での巡航も可能だが、この速度は燃費を節約しつつ移動しているためだと思われる。

アンカレッジは、ともすればアラスカ州の州都と間違いかねない大都市だ。

だが州都はジュノーであり、しかも南にあるブリティッュコロンビア州北西部に存在するかのように見える。

　これが勘違いの原因なのだが、じつはアラスカ州は太平洋岸をカナダに食い込むかたちで伸びていて、その先にジュノーが存在しているのだ。

　ただし人口はアンカレッジのほうが多い。

　したがって八島は、アラスカ州の実質的な中心となる都市の前に現われたことになる。

　ここではまず、夕刻の第二空母機動艦隊による航空攻撃で始まった。

　最初に航空基地を潰し、そののち八島が進撃するパターンである。

　それは、さほど時間を置かずに行なわれた。

　航空攻撃から八島がアンカレッジ沖三〇キロに姿を表わすまで、ほんの三時間しかかかっていない。

　その後は、真珠湾やダッチハーバーと同じ運命になった。

　ここでも三日間。

　ダッチハーバーに比べれば、アンカレッジは比較にならないほどの大都市だ。

　にも関わらず、八島は砲撃の届くかぎりの範囲内を破壊し尽くすと、もう用はないとばかりに悠然と去っていった。

　時はすでに冬。

　アンカレッジの市民は、軍だけでなく民間の燃料貯蔵施設まで破壊されたことで、この冬は生き伸びるだけでも大変だ。

　ここまで殺られた米軍も、一応は反撃した。

　アンカレッジには軽巡主体の駆逐部隊と沿岸警備用の魚雷艇部隊がいたが、双方とも最初の夜に夜戦を挑み、かなりの数の魚雷を命中させた。

　その代償として、八島の砲撃と駆逐戦隊／水雷戦隊による交戦で、ほぼ全滅の憂き目にあっている。

　辛うじて救出された魚雷艇の兵士は、のちに新聞社のインタビューに対しこう述べた。

『あれは軍艦じゃない。ぜったいに陸地だ。島だ。その証拠に、いくら俺たちが魚雷をぶち込んでも、ビクともせずに砲撃してきた。あれは陸地にある要塞なんだ！』

　いささか錯乱していたとはいえ、意外に本質を見抜いた発言だった。

　それからしばらく、八島部隊の行方は判らなくなった。

　もしかすると北米西海岸を南下するのではないかとの憶測もあったため、合衆国陸海軍は懸命になって長距離索敵機を出したが、八島の行方はいっこうに掴めなかった。

　では、八島はどこにいたのか？

　じつは七日間かけてハワイとサンフランシスコの中間点付近まで移動し、そこで補修と燃料弾薬その他の補給を行なっていたのである。

　補修は随伴している伊豆型二隻が行ない、補給はハワイから輸送船とタンカーを出して行なわれた。

　とはいえ、八島の燃料タンクは三種類あり、それを満タンにすれば、それこそ地球一周も可能ではないかと言われている。

　実際は『通常燃料タンク』と呼ばれる、絶対防御区画内の防壁内側にある区域にのみ燃料を搭載しているので、それだけだと六〇〇〇キロちょっとしか航行できない。

　しかし、その他に防御区画内の艦底部に、バラストを兼ねた予備燃料タンクがあり、このサイズが異常なほど大きいのだ。

　そしてトドメとばかりに、絶対防御区画外の艦底二重底部分にも、別途燃料を溜めこむことができる。その他にも、両サイドの喫水下バルジ部分が水密区画となっているが、その水を抜いて燃料を入れることも可能だ。

　艦前部と後部の絶対防御区画外にある完全密閉可能な倉庫も、やろうと思えば燃料タンクとして流用できる設計になっている。

　これらすべてを満たすと、じつに五〇万トン前後も積むことができる。

　それ以上となると、余剰浮力を減らすことで空いた絶対防御区画内の密閉隔壁内空間に、無理矢理燃料を積みこむこともできる。

　そもそも一二〇万トンを越える巨体のため、空いているスペースが異常に多いのが八島の特徴なのだ。その余剰な空間を、浮力獲得のために利用しているのである。

　今回の作戦では、万が一を考えて通常燃料タンクの他に、防御区画内の艦底部タンクにも燃料を入れてある。

　そのため実は、二六日夜の時点で給油する必要はなかった。

　だが燃料は間に合っていても、連日のように砲撃を行なった関係で、弾薬がかなり目減りしていた。糧食も少なくなってきたため、ここで包括的な補給が必要になったわけだ。

　八島はこの海域で五日間を過ごした。

　その間に、合衆国軍の陸上航空隊と魚雷艇などにより受けた損傷を、ほぼ完璧に修理した。二隻の伊豆型が積んできた補修部材は減ったが、伊豆型は艦内で重層パネルと水圧吸収ブロックを製造できる。

　なので材料となる鋼筋やセメント、補強材となる砂利などが尽きないかぎり、いくらでも追加で製造できるのである。

＊

一一月三日……。

「作戦を再開する！」

八島艦橋において、ふたたび山本五十六の命令が響く。

「艦隊全速。これよりサンフランシスコを急襲する！」

これが、この海域にいた理由だった。

現在位置からサンフランシスコまで、おおよそ二〇〇〇キロ。

合衆国陸海軍でこの距離を往復できるのは、途中で着水して燃料を補給できる飛行艇くらいのものだ。

しかし、この海域の西側あたりまでは、ハワイ派遣艦隊が警戒行動のため出てくることもあった。

そのことは合衆国海軍の偵察潜水艦によって把握されていたから、たとえ八島部隊が発見されても、ハワイ派遣艦隊と合流するためと勘違いされるよう細工がなされていた。

「艦隊速度二四ノット。これより九〇時間をかけて、サンフランシスコ沖へと到達する。ただちに全部隊へ通達せよ！」

山本の命令を受けて、宇垣が艦隊命令を伝えるよう指示する。

「艦速二四ノットへ増速。進路、東！」

これは八島艦長が、自分の艦に対して命じたものだ。

これまでは合衆国本土といっても、辺境と呼ぶべき地域に過ぎなかった。

しかしサンフランシスコは違う。

ロサンゼルスやサンディエゴと共に、西海岸を代表する世界有数の大都市である。

そこを、たった一隻の戦艦が急襲する。

水雷戦隊と駆逐戦隊も同伴しているが、彼らは都市攻撃を行なわない。

あくまで八島単艦を守るために存在している。

攻撃は、後方に影のように潜む第二空母機動艦隊と、八島自身が行なう。

今回は直掩空母二隻はいない。彼らは支援隊とともにハワイに残っている。

そして……。

翌日の朝となる一一月四日。

サンフランシスコから東へ八九〇キロ地点まで来た段階で、八島部隊は、ついに米軍の索敵機に発見されたのである。

＊

「止めるな！　俺は出る!!　スプルーアンスも出るよな!?」

八島部隊発見の第一報を聞いた時。

ハルゼーは奇しくも、サンフランシスコの対岸にあるアラメダ海軍基地の司令部において、日本海軍に対する対抗策を練っている最中だった。

当然、そこにはスプルーアンスも同席している。

「独断で出るのは禁じられています。なのでキング部長へ出撃の許可をもらうべきです」

いつも冷静なスプルーアンスが、すかさず諫めに入る。

「そんな時間はない！　明日にもあの馬鹿げた戦艦は、サンフランシスコ沖に姿を表わすんだぞ!?　そうなる前に、俺たちが全力で阻止しなければならんのだ!!」

「現状では阻止しきれません。あの巨艦は、おそらく我々が攻撃したとしても、速度を緩めることはしないでしょう。それにヤシマという名の巨艦にばかり目が行きますが、あの艦の背後には、かならず空母機動部隊が控えています。

　当然ですが、私が出撃すれば、相手は敵の空母機動部隊になります。したがって敵巨艦の相手は、閣下の部隊で行なわねばなりません。

　現在、作戦に出せる戦艦はオクラホマとアイダホのみです。中破判定で修理中のカルフォルニアとニューメキシコを無理に参加させても四隻にしかなりません。大破判定のオクラホマとアイダホはドック入りしていますので無理です。

　これに、東海岸から回航されてきたばかりのインディアナを加えても、最終的に五隻にしかなりません。この数はミッドウェイ沖で戦ったときより少ないため、到底あの巨艦を足止めできる戦力にはなりえません」

「ええい、うるさい！　理屈をいくら口走っても敵は待ってくれん。西海岸には貴様と俺しかおらんのだ。ニミッツ長官は、いまもカネオへ港に潜んでいる。山岳要塞が落ちた現在、いずれ西海岸へ逃げてくるだろうが……いまは俺が現場の最高指揮官だ！」

　たしかに……。

　西海岸を守る艦隊は、ハルゼーの第2任務部隊とスプルーアンスの第7任務部隊しかいない。

　他は沿岸警備部隊や駆逐部隊など、艦隊戦では補助しか担当できないものばかりだ。

　それすらハルゼーは投入するつもりだが、魚雷艇部隊に対し五〇〇キロ以上も離れた海域へ行けというのは無謀な命令となる。

　そこで実際には、二個任務部隊に四個駆逐部隊を加えた戦力になりそうだった。

「仕方ありませんな。閣下と私は一蓮托生の身ですので、閣下がどうしてもと言われるのなら、私は粛々と従うまでです。ではキング部長には、私のほうから出撃する旨を連絡しておきますので、すこし席を外します」

　そういうとスプルーアンスは作戦会議の席を立ち、同じ司令部庁舎内にある通信部へ向かった。

「おい、スコット！　ただちに出撃する。もし出撃できない戦艦がいたら置いていく。そのへんのことは、戦艦群司令官の貴様に任せる。ともかく、これから二時間以内に出撃するぞ！」

　ハルゼーの艦隊はいま、サンフランシスコ湾に浮かぶトレジャー島周辺に仮泊している（オクラホマとアイダホは到着後すぐにドック入りしたため、ここにいるのは新規配備されたインディアナを加えた五隻）。

　ドックは修理待ちの艦で満杯のため、ここしか居座る場所がなかったのだ。

　そのため指名されたノーマン・スコットは、アラメダ海軍基地からランチに乗り、沖にいる戦艦群まで急いで移動しなければならなくなった。

　二時間以内に出撃させろというのは土台無理な注文である。

　それでも長官命令には従わなければならない。

　そこでスコットは、こう答えた。

「了解しました。可能なかぎり迅速に処理します！」

　ここらへんの受け答えは、さすがハルゼーの下で働いているスコットだけある。

　実際……。

　ハルゼー自身も乗りこみ、第2任務部隊が金門橋をくぐったのは四時間後のことだった。

四

　一一月五日、午前三時四六分。

　時速一七ノットという亀の歩みなみに遅い艦隊

全速で、ハルゼー部隊が八島部隊を砲撃距離に捕らえたのは、五日の朝日が昇る少し前のことだった。

さすがに冬の夜明けは遅い。

太陽がロッキー山脈の上に出るのが午前五時半頃。

海上の見通しがある程度できるようになる薄暮の時間が、午前五時を少し過ぎたあたりになる。

それまでの一時間少々が、ハルゼーに与えられた時間だ。

あたりが明るくなってきたら、スプルーアンスの航空攻撃隊がやってくる手筈になっている。スプルーアンス部隊は足が遅いため、いまも金門橋のすぐ西側で発艦準備に勤しんでいるはずである。

「下手に距離を開けると敵の思う壺だ！　自分が乗艦しているのは、戦艦じゃなく駆逐艦だと思え‼　徹底的に突入して、ゼロ距離射撃を喰らわせてやれッ‼」

新規に配属されたサウスダコタ級戦艦の二番艦インディアナに乗りこんだハルゼーは、冒頭からムチャクチャに聞こえる命令を発した。

暗くせまい、閉所恐怖症になりそうな司令塔の中だけに、ついにハルゼーが錯乱したかと思った者もいるかもしれない。

だが良く分析してみると、そうでないことがわかる。

どのみち砲撃戦になるなら、八島の巨大な六四センチ主砲弾や四六センチ副砲弾を食らわないために、超接近距離で回避運動をしつつ射撃したほうが良い。

砲が巨大なため砲塔の旋回に時間がかかる八島は、ハルゼーの戦艦が近ければ近いほど、照準して射撃するまでの時間を必要とするからだ。

しかし、それでもなお、ハルゼーには抜本的解決策がない。

いくら四〇センチ主砲を射ち込んでも、八島はけろりとしているのだ。

たしかに上甲板に命中させれば、そこにある小砲塔や機銃座、非装甲構造物を吹き飛ばすことができる。これは戦艦の砲撃戦においては、小破もしくは中破と判定される被害だ。

これまでハルゼーは、何度もこの被害を与えてきた。

小破といえども、欠損した装備を再設置するためには母港なみの設備が必要になる。これは戦艦の常識であり、事実、ハルゼーはハワイの補修施設を失ったせいで、わざわざサンフランシスコまで戻るはめになったのだ。

なのに……。

八島はミッドウェイで受けた傷を、ハワイにやってくるまでに治してしまった。

それだけなら戦果の確認ミスかもしれなかったが、今度はハワイで受けた傷をどこかで直し、サンフランシスコ沖に現われた。

八島は新品同様になっているのだから、これはもう確認ミスではありえない。

「どうせ……ここで痛手を与えても、洋上で補修するつもりなんだろ？　ならば洋上では補修できない大怪我を負わせてやる。そうなりゃ日本にもどるしかない」

戦艦主砲でも補修可能なダメージしか与えられないというのに、ハルゼーは何を血迷った事を言っている？

これは発言を聞いていた司令塔要員も同様だったらしく、何事かと艦隊司令部の面々を見つめている。

――ドガッ！

おおよそ海上で聞ける音ではない轟音が聞こえ

てきた。

「伝音管による報告！　先頭艦のオクラホマが被弾‼　敵主砲弾の直撃です‼」

現在のハルゼー部隊は、戦艦群が単列縦陣で急速突入中だ。

縦陣の構成はオクラホマ／アイダホ／インディアナ／カルフォルニア／ニューメキシコとなっている。

そのため八島側から見ると、先頭にいるオクラホマしか狙えない。

すでに距離は一〇キロを割っている。

このままだと、あと一二分ほどですれ違うはずだ。

「オクラホマ、沈みます！　二番艦アイダホが先頭になります‼」

当たれば戦艦が轟沈する。

そんな戦場で先頭に立つ者たちは、いま何を考えているのだろう。

次は自分……。

それが必然とも言うべき高い確率で襲ってくるのだ。

恐怖でパニック寸前だろうか。

それとも諦観の心情になり、粛々と任務をこなしているのだろうか。

ハルゼーは違う。

この男は、吹き飛ばされる瞬間まで高揚しているはずだ。

「全艦に通達！　敵の巨大戦艦と交差する瞬間、旗艦インディアナのみは進路を右舷へ急速転回し、敵艦の右舷どてっ腹に突入、ラム戦を仕掛ける‼」

ラム戦とは、かつての軍艦の艦首に装備されていた衝角（ラム）を用いて、敵艦に体当たりする戦法のことを言う。

むろん現在の戦艦に衝角などついていない。

しかし、たとえ衝角がなくとも、艦首を潰す覚悟で突進すれば、それなりの被害を与えることができる。

八島にくらべれば小さすぎるものの、インディアナとて三万五〇〇〇トンの鉄の塊なのだ。それが一八ノットで突入する慣性力は尋常なものではない。

「ちょ、長官！」

参謀長が当然の反応を示した。

「貴様らを道連れにするつもりはない。激突直後に総員退艦命令を下す。なに、艦首が潰れたくらいでは、そう簡単にインディアナは沈まん」

言われてみればその通りで、参謀長はすこし安心した表情を浮かべた。

それにしても。

ハルゼーの起死回生の策が、最新鋭の戦艦を丸ごとぶつける策だとは……。

「あと三分で交差します！」

「艦長！　インディアナの舵を敵艦へ向けろ！　これは長官命令だ‼　敵艦の横腹に艦首をめり込ませたら、ただちに総員退艦だ。無駄な砲撃など無用、さっさと逃げ出せ‼」

ハルゼーは司令塔にある長官席に据えつけられている、艦橋直通のマイクを手に取り、振動板が破れそうなほどの大声を出した。

「了解！　右舷転舵、最大！　最大戦速へ増速します‼」

すぐに司令塔内スピーカーを使って、艦長の返答があった。

八島は一キロの至近距離にいる。

そのため、ここから増速してもたかが知れている。

それでも艦長は、少しでも敵艦にダメージを与えるべく、やれることはすべてやっていた。

「まもなく衝突！　全員、衝撃に備えろ‼」

おそらく艦内一斉放送だろう。

艦長の悲鳴のような声が聞こえてきた。

……ガッ！

――メリメリメリッ！

ドガガガガガ――ッ‼

様々な物体が押し潰され、すり潰されつつ破壊されていく音だ。

インディアナの艦体が、勢いよく前方を上にして跳ねあがる。

「艦首、敵艦の右舷中央に命中‼」

右舷側の甲板で目視観測していた兵士が、司令塔ハッチごしに大声で伝えてきた。

いや、それにしても『艦首が命中』とは、凄まじい表現である。

「被害確認など、もはやどうでもいい。総員退艦だ！　とっとと脱出しろ‼」

ハルゼーも、しがみついていた長官席から立ち上がり、司令部や参謀部の面々を急き立てはじめた。

＊

八島の艦内司令室に入っていた山本五十六は、突然の衝撃により、わずかによろめいた。

なんとインディアナの突入は、一二八万五六〇〇トンもある八島を横に揺さぶったのだ。

「敵の新型戦艦、八島の右舷バルジ中央部に激突しました‼」

「これは驚いた！」

伝令の報告を聞いた山本の第一声。

完全に予想を外された者が上げる声音に満ちていた。

「この時代に衝角戦ですか？」

宇垣参謀長が、あきれた声で常識的な感想をのべる。

「いや……これは、かなり有効な手だぞ⁉　戦艦主砲弾といっても重量は限られている。速度だけは充分だが、慣性力としては戦艦の激突とくらべると比較にならないくらい小さい」

とくに八島のバルジ外側に張られている水圧吸収ブロックは、瞬間的な大圧力には有効に働くが、ゆっくりと激突してくる大質量物体だと、ほとんど衝撃を吸収できないまま潰されてしまう。

そう考えると、八島が受けた被害は、今回の作戦で最大のものになっている可能性がある。よくぞここまでダメージを与えてくれた……そんな気分だ」

下手をすると、八島の作戦行動に支障を来すかもしれない。

バルジの本格的な破損となると、とても洋上補修では治せない。

伊豆型二隻が必死になって修理しても、おそらく破口を、無理矢理に重層パネルでボルト止めするのが精一杯だろう。

「宇垣。現状をただちに調査させろ。まさかラム戦に続いて接舷戦闘まで仕掛けてくるとは思っていないが、そもそも意図的な衝突自体、正気の沙汰ではないから、もしかすると特攻隊が攻め込んでくるかもしれない」

接舷戦闘、特攻隊と不穏すぎる言葉を聞いた宇垣は、かなり驚いた表情を浮かべた。

このような宇垣を見るのは、年に一回くらいのものだ。

「承知しました。調査班には警備部隊を同伴させます。もし本当に接舷戦闘を挑んできたら、全警備部隊を投入してでも撃退いたします！」

「よろしく頼む。なお接舷戦闘になった場合の、警備部隊の火器使用には制限をつけない。全面的に許可する」

宇垣は聞くべきことを聞くと、くるりと背を向けて艦務参謀を呼びつけた。

「艦務参謀。艦長に艦内警戒警報を出すよう要請してくれ。敵艦から戦闘要員が乗艦してくる可能性がある。今後安全が確保されるまで、司令室も耐爆ハッチをロックして篭城態勢にはいる。艦橋も同様の措置を取るようGF司令部として命令する。そう伝えろ」

そして、その他の細かい指示を加える。

次に、司令室にいる全伝令に、安全な範囲で衝突部分の確認と、敵兵が乗艦してきていないかの確認を命じた。

その時、司令室内のスピーカーから、艦橋にいる艦長の声が聞こえてきた。

『こちら艦長です。いま右舷バルジの損傷についての報告が上がってきました。複数の確認情報によると、敵艦の艦首は、現在も八島の右舷バルジにめり込んだままです。

敵艦はすこし艦首部分を乗りあげるような形で衝突しており、確認できる限りの破口は縦一二メートル、横七メートルほどとなっております。

なお衝突部分がバルジのため、破口から海水が流入してもバルジ内水密区画に流れるだけのため、八島の絶対防御区画にはなんら影響はありません。以上、艦長でした』

報告が終ると、艦務参謀が折り返し艦橋に電話を入れはじめる。

インディアナは艦首をめり込ませたまま、ちょうどT字のかたちで留まっているらしい。

もっともTの横棒が超巨大な八島のため、Tの縦棒であるインディアナは横棒の下に小さく突き出た短い縦棒でしかない。

しかも八島は、慣性力により今も前に進んでいる。

インディアナごときの重量では、とても八島を止めることはできない。

そのため強烈な海水の抵抗により、いずれインディアナは押し流されるか、もしくは艦首部分をへし折られる運命にある。

「報告！　敵兵の乗艦は確認できませんでした！　それどころか、敵艦の甲板に多数の将兵が出て、カッターを降ろしたり白旗を振ったりしています。どうやら敵艦の指揮官は、総員退艦命令を下した模様です‼」

伝えてきた連絡士官（少尉）は、少しは英語がわかるらしい。

右舷バルジの上にあるバルジデッキまで行き、生々しい光景を見てきたはずだ。


その際、大声で退艦命令を叫ぶ声が聞いたのだろう。

「肉弾突入してくるほどの馬鹿ではなかったか。手際良く総員退艦を命じたとなると、これは意図的な突入だな。そうなると敵艦隊の司令長官は、おそらくハルゼーではないだろうか？」

「同意します」

山本の推測に、黒島亀人が小さく声を上げる。

その一言で、まるで既成事実のように、参謀部の面々がハルゼーの名を語りはじめた。

「敵戦艦群、急速に離脱していきます！」

たしかに一矢報いた。

ならば長居は無用……。

そんな感じの遁走だった。

結局のところ。

ハルゼー部隊は二隻の戦艦――オクラホマとインディアナを失い、残る三隻のうち二隻（アイダホ／カルフォルニア）は大破。

無事だったのは最後尾にいたニューメキシコのみだった。

当然、ハルゼーたち部隊司令部要員は、ニューメキシコへ移譲している。

ただしニューメキシコは、中破判定だったのに簡単な補修のみで出撃してきたため、戦闘能力はもとから半減している。

まさに満身創痍である。

だが、そのような状況であるにも関わらず、ハルゼーの次なる矢が八島を襲った。

「東方上空に大型機の大編隊！　凄い数だそうです!!」

檣楼上部監視所からの報告を、誰かが中継した。

それはハルゼーが陸海軍の陸上航空隊に頼み込んで出撃させた、二四〇機もの重爆と戦闘機による大攻撃隊だった。

「北東方向からも単発機の編隊が接近中！」

「やはり来たか。すでに艦長が対空戦闘命令を下しているだろうから、司令部としては見守るしかないな」

長官席に座りなおした山本は、腕組みをしつつ宇垣に声をかけた。

八島の対空戦闘命令は、八島の艦長の権限で出される。

これをGF司令部や長官の山本が行なえば、艦長権限を侵害することになる。

むろん山本は承知しているからこそ、いまのセリフが口を突いて出たのだ。

「大型機とありましたから、陸上航空隊の重爆でしょう。ただ、ミッドウェイやハワイで受けた攻撃とは規模が違うようです。単発機のほうは、サンフランシスコ近辺まで下がった敵の空母部隊の艦上機だと思います。

さらに言えば、敵は二回の重爆による攻撃で戦訓を得ているでしょうから、今回は前回より大型の徹甲爆弾を搭載していると判断します」

宇垣が冷静に分析している。

それに黒島も同意を示した。

「まあ、敵も馬鹿ではないのだから、あれこれ考えてくるはずだ。それでも八島は沈まん。ただ……今回ばかりは、少しは痛手になりそうだな」

たとえ沈まなくても、主砲や副砲、上甲板の各砲に甚大な被害を受ければ戦えなくなる。

そうなれば八島は作戦を中止して、修理のため日本本土へ戻らねばならなくなる。

これは敵側からすれば、迫り来る脅威を押し返したと言う意味で、なんとか勝利判定を得られるかもしれない。

「第二空母機動部隊より入電！　我、敵空母艦隊の攻撃に成功す。以上です‼」

第二空母機動部隊は八島の背後、約二〇〇キロまで接近している。

山本の命令により、敵空母部隊の殲滅に専念していた。

これまでは八島の直掩に専念していた空母機動艦隊だけに、敵としても、今回もおなじだろうと思っていたはずだ。

その裏をかいての奇襲攻撃だった。

「こちらも一発殴るのに成功したようだな。まあ、戦果報告はこれからだから、それを待つとしよう。いまは八島の対空射撃を慎重に見守り、なにか不測の事態が発生すれば、すぐGF司令部と参謀部が動けるよう手配しておいてくれ」

名指しはしなかったが、これは宇垣に対する命令である。

宇垣も承知の上で返答し、参謀たちを集めはじめた。

かくして……。

アメリカ合衆国陸軍は、二四〇機もの陸上航空隊を投入してきた。

これはスプルーアンスの航空隊を除いた数だから、まさしく前代未聞である。

おそらくサンフランシスコ周辺からかき集めたのだろう。出せるだけ出したという雰囲気を色濃く漂わせている。

後の被害調査で判明したが、やってきたB－17には一・二トン徹甲爆弾が搭載されていたらしい。B－25とB－26には八〇〇キロ徹甲爆弾だ。

いずれもミッドウェイやハワイの時より、ワンサイズ大きい爆弾を落としている。

それ以上のサイズとなると特殊な要塞破壊用の二トン徹甲爆弾があるが、すぐに取り寄せることはできなかったようだ。

米軍は通常使用としては最大サイズの徹甲爆弾を用意してきた。

さすがに八島の上甲板も、八〇〇キロはともかく、一・二トンの直撃を食らえば、中甲板以上が破壊される可能性は高い。

それでも絶対防御区画が破られることはないが、戦闘継続には重大な支障が生じかねない状況と言える。

そして……。

三〇分を越える執拗な反復爆撃が終わった時。

表面上、八島はかなり痛手を受けたように見えた。

右舷バルジにめり込んでいたインディアナも、一・二トン爆弾のとばっちりを受けて、前部甲板に命中弾が炸裂してしまった。

そのせいで、いまにも千切れそうだった艦首部分が、ついに離断した。

その後、艦首を失い無人と化したインディアナは、しばらく海の上を漂っていたが、本日夕刻になって、八島部隊の水雷戦隊により沈没処理されたのだった。

＊

戦闘結果……。

ハルゼーは、三隻の戦艦をサンフランシスコへ戻そうとした。

だが、その日の夕刻になって行なわれた、第二空母機動部隊によるサンフランシスコ攻撃により、主要なドックと船台が破壊されてしまった。

そこで急遽、逃亡先をロサンゼルスへ変更し、なんとか逃げ延びることに成功した。

悲惨だったのは、スプルーアンス率いる第7任務部隊だ。

彼らはハルゼーに、サンフランシスコを死守するよう命じられていた。

そのため金門橋のすぐ西側沿岸に展開せざるを得ず、機動力の大半を奪われる結果になった。

さらには、鈍速で回避能力もほとんどない護衛空母四隻が邪魔をしたせいで、なんと、かき集めた正規空母エンタープライズ／ワスプの二隻を失うという大失態を演じてしまった。

いかにスプルーアンスが有能でも、動くに動けない状況に追いこまれれば負ける。

これは完全にハルゼーの采配間違いである。

攻撃が正規空母に集中したため、護衛空母二隻が無傷のまま助かった。残りの二隻のうち一隻は撃沈され、もう一隻は飛行甲板と格納庫を破壊され大破判定となっている。

米軍の陸上航空隊は数が多かったせいで、被害の程度はかえって少なくなった。

だが、第二空母機動部隊にサンフランシスコの航空基地を破壊されたせいで、不慣れな周辺部の予備滑走路に着陸する結果となり、そこでかなりの数を失った。

彼らが再出撃するためには、きちんと機体を整備できる基幹航空基地へ移動し、爆装も整えなければならない。

その上で八島部隊に届く距離にある飛行場へ移動し、そこから出撃することになる。

なまじサンフランシスコの航空基地が西海岸で最大の基幹基地だったせいで、再出撃したくてもできない状況に追いこまれたことになる。

それらの事を、山本五十六は夕刻までの航空索敵で知った。

そして誰もが、八島はハワイへいったん戻ると思っていた矢先……。

驚くべき決断を下したのである。

「これより八島部隊は、サンフランシスコ沖へと移動し、明日の夜から明後日の未明にかけて、使用可能な全砲門を用いて、サンフランシスコの軍用施設と市街地を破壊する。その後は戦果に関わらず、すみやかにハワイへと帰投する。以上だ」

傷ついた八島だが、山本はまだ戦えると判断した。

事実、主砲と副砲はまったく被害を受けていない。

各砲塔の分厚い天蓋が、すべての爆弾を跳ねのけたのだ。

二〇センチ連装砲や一二センチ連装両用砲の被害は酷かったが、艦内補修隊が必死になって徹夜で交換作業を行なったため、半分ほどの砲は使用可能となった。

これが山本の決断を後押ししたのは言うまでもない。

幸いにも八島の機関は完全に無事だ。

そこで山本は、艦隊速度を二五ノットまで増速させ、一気に距離を詰める作戦に出た。

そして翌朝となる一一月六日早朝。

第二空母機動部隊による第二次サンフランシスコ攻撃が実施され、サンフランシスコの航空戦力はトドメを刺された。

制空権と制海権を失えば、どれだけ大都会であろうと抗うことはできない。

六日の夕刻にサンフランシスコ沖へ到着した八島は、群がってくる米側最後の抵抗……多数の魚雷艇や護衛駆逐艦をものともせず、一昼夜にわたって猛烈な砲撃を実施した。

なお米魚雷艇と護衛駆逐艦との戦闘で、水雷戦隊と駆逐戦隊の駆逐艦四隻が沈められた。

これまで奇跡的に失った艦がなかった戦隊だけに、これは予想外の痛手として受け止められた。

かくして……。

サンフランシスコは、軍用施設の復興に半年間、市街地は一年以上かかるほどの甚大な被害を被ったのである。

五

一二月二八日　横須賀

「なんとか戻ってこれたな」

横須賀鎮守府にある大埠頭に、長官ランチに乗ってきた山本五十六と宇垣纏、長官専任参謀の二人が降り立った。

残るGF司令部要員と参謀部要員は、伊豆型特殊工作輸送艦が出してくれた外洋搬送艇に分乗して上陸する予定になっている。

サンフランシスコを焦土と化した八島は、被害の程度が洋上補修でまかなえないと判断、その後に予定していたロサンゼルスおよびにサンディエゴ攻撃を中止した。

　そして直ちにハワイへもどり、洋上停泊で修復可能な部分の補修を終えた後、とある作業を行なった上で日本への帰路についたのである。


「御苦労だったな」

　埠頭で待っていた豊田副武（とよだそえむ）海軍大臣が、真っ先に駆けよってきた。

　豊田に続き、東条英機（とうじょうひでき）首相と海軍軍令部総長の永野修身も歩みよる。

　陸軍参謀部総長の梅津美治郎も出迎える予定だったが、いまはハワイ作戦で忙しくて出席できそうにないとの事前連絡があった。

「わざわざのお出迎え、申しわけありません」

　八島の帰還は、作戦を途中で中止してのものだ。

　それだけに、あまり盛大な出迎えをすると国民の誤解を招くとして、軍楽隊の演奏などは行なわれず、政府と軍部の要人のみの寂しいものとなった。

　しかし、もともと勝った勝ったの大騒ぎが嫌いな山本五十六だから、このことについては気にしていない。

「それで……例のものは？」

　このセリフは、横から割り込んできた東条英機が口にしたものだ。

　どうしても早く知りたいらしく、首相にあるまじき行為に出てしまったらしい。

「八島に載せてきたぶんは、すでに海軍軍令部の命令によって、横須賀および横浜のタンク群へ、タンカーでの移送が開始されています。八島がドック入りするのは、運んできたものすべてを降ろしてからですので、どうか御安心を」

　なんの事やら判然としないが、当事者たちでは了解の上での会話らしい。

「それにしても、とんでもないことを思いついたものですな。真珠湾にある海軍用タンクから、根こそぎ重油をかっさらうとは……」

いかにも愉快そうな表情を浮かべ、永野が山本へ真相を暴露する。

そう……。

八島はハワイを離れるさい、真珠湾にある米太平洋艦隊用の石油タンク群から、大量の重油とガソリンを運びだしたのである。

たかがタンクの燃料と馬鹿にはできない。

なにしろ物量王国であるアメリカ合衆国の軍用タンク群だ。

真珠湾にあった米海軍燃料備蓄は、じつに四五〇万バレル。

一バレルは〇・一六キロリットルだから、しめて七二万キロリットルである。

日本海軍全体の、一九四一年度の重油消費量が約一〇〇万キロリットルだから、どれくらい凄いか判るというものだ。

さらには、フォード島とヒッカム基地にあった航空機用ガソリン一〇万キロリットルのうちの八万キロリットルも、ちゃっかり頂いた。

八島が運んできたガソリンは五万キロリットル。戦闘も可能な状態での可能搬送量は三〇万トン強だが、そこは無理して浮力を削り、余剰浮力を一〇五パーセントまで減らしての輸送大作戦となった。

さらに言えば、サウスダコタの自滅特攻により右舷バルジに大量の海水がなだれ込んでいるため、艦の平均を取るため左舷バルジにも海水を入れなければならなかった。

そこでハワイまでは海水を注入して移動し、真珠湾で海水と重油を入れ変えたのだ。

この増加ぶんと艦底部予備タンクへの充填を加

え、八島が運んできた石油の総量は五二万トンに達している（このうち重油は四七万トン）。

残りの重油とガソリンは、伊豆型特殊工作輸送艦二隻と輸送部隊に随伴していたタンカー群で、まずはサイパンまで輸送している。

伊豆型二隻は八島を追って横須賀へもどるが、タンカー群は、サイパンで待機していた別のタンカーと交代する予定だ。

今後は真珠湾とオアフ島各地にある石油のうち、ハワイ派遣隊とハワイ攻略部隊が使用するぶんを除くすべてを頂くことになる（オアフ島にある官民すべての石油を合計すると一一二万トンに達する。これには民間のガソリンスタンドや漁業・農業用燃料も含まれている）。

大輸送船団を編成して、ハワイ－ミッドウェイ－サイパン－日本本土各地のルートを辿って運ぶのだ。

オアフ島に残すのは、支援隊と一個空母機動部隊、そして陸上部隊が稼動するのに必要な重油とガソリン／ディーゼルオイルのみとなる。

永野に出番を奪われた豊田が、憤慨した様子で話を引きもどした。

「新型海防艦の活躍で、南方からの資源輸送も、徐々に安泰になりつつある。今月だけで米潜水艦の撃沈数は四隻だ。さすが海軍技術研究所が開発した一式迫撃爆雷の威力は凄い。

不用意に輸送船団に近づけば、新型海防艦による爆雷攻撃を受けることが知れ渡ってきたらしく、最近は米潜水艦も、夜間に遠距離から一発だけ魚雷を発射すると、瞬く間に遁走しているらしい。

昼間は哨戒艇や水偵による対潜哨戒も実施されているから、雷撃どころか身を隠すので精一杯のようだ。いずれ近い将来、被害の増大で採算がとれなくなり、米潜による輸送路破壊作戦は中止されるのではないだろうか」

　豊田が口にした『一式迫撃爆雷』とは、主力のドラム缶型爆雷とは別に、狭い海防艦でも多数を搭載できるよう、ほぼ一五〇ミリ迫撃砲と同じサイズの投射型爆雷を新規採用したものだ。

　これは、そのまんま迫撃砲弾の弾頭を爆雷にしたものだから、新しい技術といえば弾頭部の回転式起爆深度調節装置くらいのものだ。

　この起爆調整装置は、片手で回せる一〇メートル刻みの目盛りを合わせるだけで、簡単に深度調節ができる。そのため投射直前に敵潜の現況を聞いて設定できるので、命中率がかなり高くなっている。

　しかも迫撃筒（さすがに固定だが）による発射のため、操作人員は一基につき五名で済む。これを海防艦一隻に八基も搭載したのだから、既存の爆雷投射装置一基の時より戦果が爆上がりするのは当然である（一式の投射距離は最大二〇〇メートル。迫撃筒の角度調整で飛距離を調整できる）。

「米潜による輸送路破壊作戦の中止……そうなれば本当に助かりますが、まだ不確定でしょうね。なにせ敵のやることですので。それより、帰ってきたばかりで申しわけないのですが、次の作戦は出来あがっているのでしょうか?」

　山本も聞きたいことを最初に言った。

　すると意外にも、返事は豊田ではなく東条首相が行なった。

「それについては、大本営会議において陛下の御聖断待ちの状況だ。作戦自体は組みあがっているが、御聖断がなければ先へは進めない。最終的には宮中での御前会議で決定する。これらの手順を経て、陸海軍の実動部隊へ発令される」

　さすが首相をやっているだけあって、きちんと手順の説明までしてくれた。

話を聞いた山本は、肝心なことだけ口にした。

「それで……実施はいつ頃になりそうですか？」

聞かれた東条が、思わず豊田を見る。

「まだ未定だが……個人的な感触では来年の三月頃になると思う。どのみち八島は、これからドック入りだ。ドック入りの予定は二ヵ月間だが、これは既存の戦艦の半年間に相当する大改修だから、その間は動かすことはできん。

そこでハワイにいる派遣艦隊に、第二次改装が終了した比叡と霧島を追加することになった。

それから、セイロン攻略作戦に出ていた第一空母機動艦隊が、小改装と艦上機の更新のため本土へもどってくる。彼らの交代として、第三空母機動艦隊が向かうことになる。よってハワイは、第二空母機動艦隊に任せることになる。

この措置では、いざハワイやインドで何か起こった場合、追加の空母部隊を送ることができなくなると思うだろうが、そこは大丈夫だ。

じつは先月付けで、水上機母艦だった千代田と千歳、さらには特設輸送船だった海鷹／神鷹／大鷹の改装軽空母五隻が、八島型改装を施されて完成している。

詳しい諸元はあとで渡すが、千代田と千歳は一三五〇〇トンで搭載機数三六機。二本のダクトスクリューが追加され、最大速度は三〇ノットだ。

海鷹／神鷹／大鷹は、海鷹が一五二〇〇トンで搭載機数四〇機。神鷹／大鷹は一八八〇〇トンで搭載機数五〇機となっている。いずれもダクトスクリュー二基追加で、最大二六ノット出せる。

まあ……八島式改装といっても、常識の範囲内の防御力しか持たせてないがね。それでも飛行甲板を、松材から専用の重層パネルに変更したため、二五〇キロ徹甲爆弾までなら耐えられるようになっている。

舷側バルジにも二層の圧力吸収ブロックが張られているから、魚雷にもある程度は耐えられる。しかし、そこを破られると絶対防御区画は存在しないから、バルジ本体と外殻鋼板が耐えられないと沈むことになる。

　これら五隻を編成し、第四空母機動艦隊とした。いまは日本海で習熟訓練中だが、いざとなればハワイにでもインドにでも出撃させられる」

　山本が留守にしていたあいだ……。

　豊田は日本本土で、海軍のために孤軍奮闘していた。

　よほど大変だったのだろう、成果を教える姿はいかにも得意げだ。

　それから……蛇足だが、豊田が新型改装軽空母には舷側装甲がないと言ったが、実際にはバルジの内側——艦本体の外殻鋼板に甲I型重層板三枚が張られている。それを装甲と言い張ることもできる。

　豊田の報告はなおも続いている。

「また、これらの改装軽空母でなんとか急場をしのぐ一方、しっかり正規空母の建艦も進んでいる。

　こちらは設計から八島式が組みこまれているから、既存の空母とは比較にならない抗堪性能を確保できた。まあ、そのぶん排水量は増えてしまったが……。

　ともあれ、改翔鶴型空母の真鶴（しんかく）／天鶴（てんかく）は現在艤装中であり、来月には完成予定となっている。廃止になった大鳳型の改良設計型である白鳳型は、来年二月に完成……正規空母は、当面、改翔鶴型と白鳳型の後続艦を建艦することになる。

　つまり来年二月末には、既存の空母艦隊も再編成され、より強力な空母機動艦隊となって生まれ変わるわけだ。それでもって既存の空母には、可能なかぎり八島式改装を実施することになっている。

まずは赤城と加賀の飛行甲板張り替え、舷側バルジの追加、対空射撃装備の刷新だな。さすがに大改造が必要なダクトスクリュー追加は見送られたが、これでも今よりかなり継戦能力は向上すると考えている。ただし速度は、排水量が増える関係で三〇ノットになる予定だ。

戦艦については建艦計画がないから、手持ちをうまく改装して使っていくしかない。すでに第二次改装が終了している比叡と霧島が実戦配備についたのでもわかる通り、以後は二隻ずつ交代で八島式改装が行なわれる。次はインドに行っている金剛と榛名だな。

たしかに戦艦の数は変わらない。その代わり、四〇〇〇トン／六〇〇〇トン／八〇〇〇トンの各級軽巡が続々と建艦されている。

これらにも可能な限り、八島型改装が組みこまれている。一〇隻作れば既存艦換算で四隻ぶんの鉄鋼を節約できるから、そのぶん他の艦種を建艦できることになる。

既存艦についても、八島式改装ができる部分はどんどん改装していくから、そこで改修された鋼材を別用途に使えるのは、今後の戦争遂行には大いに役立つことになるな」

伝えたいことが沢山あったのだろう。

豊田は早口でまくしたてると、ようやく荒い息をついた。

「八島式改装は、メリットがあるぶんデメリットもあります。うまく使いこなせないと、既存艦で戦うより危うくなる場面も出てくるでしょう。その教育についても急務です。

鉄鋼不足については、真珠湾界隈で鉄屑になった艦艇や港湾・空港施設の残骸を、八島と伊豆型、そして空になった輸送船に満載してきましたので、少しはお役にたつかと」

　まったくの泥棒行為だ。

　しかし貧乏国家の日本にとっては、背に腹は代えられない。

　そもそも敵軍のスクラップを戦利品にしてはいけないという決まりはない。

　あくまで国際法で禁止されているのは、非軍事部門の不当な財産強奪についてのみである。

「あ、そういえば……先ほど第一空母機動艦隊の艦上機を更新とおっしゃられましたが、もう量産が開始されたのですか?」

　思い出したように山本が質問した。

　ハワイで戦っていると、どうしても情報に疎くなる。

　その間も、日本本土では研究開発と量産化が待ったなしで進行している。

　だから山本は、ちょっとした浦島太郎の気分になっていた。

「零戦の機体と発動機を改良した四三型が仕上がった。これにて零戦シリーズは終了し、現在開発中の新型艦戦に移行する。しかし零戦最終型とあって、性能は凄いですぞ。二段加給装置とアルコール噴射装置を追加して、栄エンジンを一二〇〇馬力まで引きあげたのだからな。

　艦爆は予定通り彗星が完成。ただ、当初の予定だった液冷エンジンが不調だったので、急遽、陸軍の雷電に載せられている火星二三型を流用してみたところ、これが好調でしてな。

　そこで火星二三型一八〇〇馬力が正式に採用され、彗星艦爆二二型として量産を開始した。天山艦攻にも同じエンジンが採用され、一気に開発が進んだ感がある。

　今月に試作機が完成した次期艦攻の流星については、機体重量がありすぎて設計修正となったため、再試作機の完成は来年中頃までずれこんでしまいそうだ」

「すべて順調とは、そうそう行かないものですな。流星については期待しておりますが、出来ないものは仕方がない。当面は天山で行くことにしましょう」

北太平洋作戦があまりにも順調なせいで、最近の帝国陸海軍には、一種の海軍万能説がまことしやかに流れている。

むろん海軍は万能ではなく、総力的には、いまだに欧米列強に劣る存在でしかない。

それをなんとか、八島という奇想天外な奇策でごまかしているだけなのだ。

だから八島をのぞく他の艦種を早急に充実しないと、いずれ対抗策を講じられて負ける。

それを山本は一番恐れていた。

「まあまあ、立ち話もなんですから……政府のほうで赤坂に一席もうけてありますので、さっさと移動して、つもる話はそれからにしましょう」

東条英機が甲高い声でそう言うと、どうしても小物感が拭えない。

実際には、官僚型の政治家としては有能なのだから、見た目と声で損をしていると言える。

東条の合図で、政府専用車が数台、滑るように大埠頭へやってくる。

「私はGF司令部と参謀部を出迎えなければならないので、ここで失礼させていただきます」

宇垣がそっけなく言うと、山本はすかさず苦笑いを浮かべた。

「八島の石油と鋼材を降ろしてドックへ入れるまでが任務ですので、宇垣には、それを長官代理として引き受けてもらっています。そういうことですので、宇垣のぶんは御勘弁願います」

任務のためと言われれば、東条も引き下がるしかない。

　だいたい宇垣を除く全員が大将なのだから、完全に場違いなのだ。

「海軍さんは驚異的な新兵器・新装備が目白押しで、まことに羨ましい。陸軍装備についても、なんとか陸海軍の垣根を越えて、相互に技術提供をできんものですかね」

　東条が車へと歩きながら、山本に小声で話しかけてきた。

　この場に陸軍の梅津がいないため、陸軍出身の東条が気を回したらしい。

「陸軍と海軍の軋轢は、八島の作戦遂行によってかなり解消したと思いますが、まだ完全とまでは行かないようです。技術協力ですか。そうですな……重層コンクリート板については、工夫次第では戦車の装甲に使えるかもしれません。あとで関連部門に話をしておきましょうか？」

「それは助かる！　我が軍の戦車は欧米列強のものと比べると、用途の違いから装甲が薄い。いざ敵の戦車や対戦車砲に狙われるとイチコロです。それを回避できるなら、既存の戦車でも戦えるというものです!!」

　東条の思いつきが、日本の戦車の画期的な性能向上につながった瞬間だった。

　日本にはまだ、傾斜装甲の概念すら伝わっていない。

　なのに、重層パネルは張る場所によっては傾斜させなければならず、結果的に海軍は、すでに傾斜装甲の実戦データを入手していた。

　それが陸軍戦車で意図的に導入されれば、重層パネル構造は、見た目よりずっと堅牢なものとなる。

　しかもコンクリートを使っているため、ドイツとアメリカで使用されはじめている成形炸薬弾についても良好な防御法となるはずだ。

陸軍専用車の車列が出ていき、大埠頭にもとの静寂が舞いもどってきた。

そこから見える横須賀湾の出口方向には、何隻ものタンカーや輸送船に囲まれた八島の巨大な姿が見える。

そして右側の岬近くには、八島ドックの大きな閘門が見えていた。

これからも八島は戦い続ける。

いまは、そのための一時的な休息の期間だ。

ふたたび八島がドックを出る時、世界はまた震撼することだろう。

そして八島は世界の勢力を塗り変えていくはずだ。

その時は、そう遠くない先まで迫っていた。

第二巻に続く

艦隊編成
ミッドウェイ南西沖海戦

A、北太平洋艦隊（日本側）

連合艦隊（山本五十六大将）

1、主隊（山本五十六大将）

戦艦　八島

第一水雷戦隊　軽巡阿賀野　駆逐艦一〇隻
第三水雷戦隊　駆逐艦一〇隻
第一駆逐戦隊　軽巡大井　駆逐艦九隻
第三駆逐戦隊　駆逐艦九隻

2、支援隊（高須四郎中将）

戦艦　金剛／榛名
軽空母　鳳翔／龍驤（直掩空母）
重巡　最上／三隈／熊野
軽巡　五十鈴／夕張
第二水雷戦隊　軽巡能代　駆逐艦一〇隻
第四水雷戦隊　駆逐艦一〇隻
第二駆逐戦隊　軽巡北上　駆逐艦九隻
第四駆逐戦隊　駆逐艦九隻

3、空母機動部隊（南雲忠一中将）

第一空母艦隊（南雲忠一中将）

正規空母　赤城／加賀／扶桑／山城
重巡　高雄／愛宕

軽巡　川内／神通
駆逐艦　一〇隻

第二空母艦隊（小沢治三郎中将）
正規空母　翔鶴／瑞鶴／蒼龍／飛龍
重巡　摩耶／鳥海
軽巡　那珂／球磨
駆逐艦　一〇隻

B、迎撃任務部隊（合衆国側）

1、第4任務部隊（F・J・フレッチャー少将）
打撃部隊（F・J・フレッチャー少将）
戦艦　ワシントン／ノースカロライナ
メリーランド／ウエストバージニア
重巡　アストリア／ポートランド
ニューオリンズ／ミネアポリス／
ビンセンス／ノーザンプトン
第1水雷戦隊　駆逐艦　五隻
第5水雷戦隊　駆逐艦　五隻

2、第5任務部隊（レイモンド・A・スプルーアンス少将）
空母部隊（レイモンド・A・スプルーアンス少将）
正規空母　エンタープライズ／ホーネット
ヨークタウン
軽巡　ナッシュビル・アトランタ
駆逐艦　一〇隻

ハワイ沖海戦

A、北太平洋艦隊(日本側)

連合艦隊(山本五十六大将)

1、主隊(山本五十六大将)

戦艦　八島

特殊工作輸送艦　伊豆/房総

第一水雷戦隊　軽巡阿賀野　駆逐艦一〇隻

第二水雷戦隊　軽巡能代　駆逐艦一〇隻

第三水雷戦隊　駆逐艦一〇隻

第一駆逐戦隊　軽巡大井　駆逐艦九隻

第二駆逐戦隊　軽巡北上　駆逐艦九隻

第三駆逐戦隊　駆逐艦九隻

2、支援隊(三川軍一中将)

戦艦　長門/陸奥

軽空母　鳳翔/龍驤(直掩空母)

重巡　那智/羽黒/足柄/妙高/鈴谷

軽巡　阿武隈/名取

駆逐艦　八隻

第四水雷戦隊　駆逐艦一〇隻

第四駆逐戦隊　駆逐艦九隻

第五駆逐戦隊　駆逐艦八隻

3、空母部隊(小沢治三郎中将)

第一空母艦隊(小沢治三郎中将)

正規空母　翔鶴／瑞鶴／蒼龍／飛龍
重巡　摩耶／鳥海
軽巡　那珂／球磨
駆逐艦　一〇隻

第三空母艦隊（角田覚治少将）
正規空母　隼鷹／飛鷹
軽空母　祥鳳／瑞鳳／龍鳳
軽巡　天龍／龍田
駆逐艦　八隻

4、潜水艦隊（小松輝久中将）
第一潜水戦隊（小松輝久中将直率）
第一航空潜水隊　伊一五／一七
第三潜水隊　伊七／八／一七四／一七五
第一一潜水隊　伊一二／四〇／四一／四二
第一二潜水隊　伊一六八／一六九／一七一／一七二

第三潜水戦隊（石崎昇少将）
第三航空潜水隊　伊一九／伊二一
第五潜水隊　伊一六／一八／二三／二四
第一九潜水隊　伊一五六／一五七／一五八／一五九
第二〇潜水隊　伊一七六／一七七／一七八／一七九

B、迎撃任務部隊（合衆国側）
ハワイ防衛艦隊（ウイリアム・F・ハルゼー中将）
1、第2任務部隊（ウイリアム・F・ハルゼー中将
戦艦　サウスダコタ

テネシー／オクラホマ／
カルフォルニア／ニューメキシコ
ミシシッピ／ペンシルバニア／
アリゾナ／ネヴァダ／アイダホ

重巡　サンフランシスコ／ビンセンス
シカゴ／ヒューストン
ペンサコラ／ソルトレイクシティ

軽巡　ブルックリン／フェニックス
オマハ／ラーレイ

駆逐艦　一二隻

2、第7任務部隊（レイモンド・A・スプルーアンス少将）

正規空母　エンタープライズ／ワスプ

護衛空母　ボーグ／カード
ロングアイランド／チャージャー

軽巡　ナッシュビル・アトランタ

駆逐艦　一〇隻

3、沿岸守備部隊（ジョン・D・バルクリー大尉）

第1魚雷艇隊　PT12／14／15／18／19
PT22／25／26／27／29

第3魚雷艇隊　PT31／32／34／36／37
PT40／41／42／43／44

第4魚雷艇隊　PT3／5／6／8／9
PT23／24／33／35／39

マレー沖・インド洋海戦

1、南遣艦隊（日本側）

打撃部隊（三川軍一中将）

戦艦　長門／陸奥

重巡　那智／羽黒／足柄／妙高／鈴谷
軽巡　阿武隈／名取
駆逐艦　八隻
第5駆逐戦隊　駆逐艦六隻

2、空母部隊（角田覚治少将）

第三空母艦隊（角田覚治少将）

正規空母　隼鷹／飛鷹
軽空母　祥鳳／瑞鳳／龍鳳
軽巡　天龍／龍田
駆逐艦　八隻

セイロン攻略作戦

1、第二次南遣艦隊（掘悌吉中将（復帰））

戦艦　伊勢／日向
重巡　妙高／鈴谷／利根／筑摩
軽巡　鬼怒／由良
駆逐艦　八隻

第二駆逐戦隊　駆逐艦八隻
第二水雷戦隊　軽巡　多摩／駆逐艦八隻

2、第一空母艦隊（南雲忠一中将）

正規空母　赤城／加賀／扶桑／山城
重巡　高雄／愛宕
軽巡　川内／神通
駆逐艦　一〇隻

3、支援隊（高須四郎中将）

戦艦　金剛／榛名
重巡　最上／三隈／熊野
軽巡　五十鈴／夕張
駆逐艦　八隻

輸送隊

護衛駆逐艦　一〇隻
海防艦　一〇隻
兵員輸送艦　四隻
揚陸艦　二隻
車輌輸送艦　八隻
汎用輸送艦　六隻
補給船　六隻
物資輸送船　八隻
大型タンカー　二隻
中型タンカー　四隻

海軍陸戦隊　横須賀陸戦隊　一個旅団

陸軍部隊　第六師団　一二〇〇〇名
独立第二戦車連隊　中戦車四二輌／軽戦車二〇輌／砲戦車一六輌
独立第二砲兵連隊　野砲三〇／迫撃砲六二／加農砲八

艦船諸元

超極級戦艦『八島』（開戦時バージョン）

※鋼材不足をカバーするためフェロセメント製船殻構造を採用。
※絶対防護区画だけで浮力を得る巨大バスタブ構造と、それを支えるための鋼筋コンクリート合成梁構造を採用。

※機関は八基八軸（スクリュー八個）。
　このうち六基六軸を二基一組の独立機関とし、生存能力を向上した。

　左右二軸は単基単軸で独立している。これはダクトスクリューを採用したため。単基独立式のため片舷逆進で方向転換の補助が可能。

※搭載航空機三五機。二五機は改良型艦上戦闘機（カタパルト発進用改装）。一〇機は水上偵察機。全機、後部主砲左右にある格納庫へ収容。改良型艦上戦闘機は発艦後、艦隊直掩軽空母へ着艦。そののち時期を見て運搬船で移動させ、後部航空機用クレーンで八島の射出甲板へ上げられる。

※バルジ外壁構造に雷撃水圧吸収ブロックを採用。これにより雷撃時爆圧を軽減する。

基準排水量　一二八万五六〇〇トン
　全長　六五五メートル
　全幅　九六メートル
　全高　九八メートル
　　　（艦底部から檣楼トップまで）
　水線高　七八メートル
　　　（喫水線から檣楼トップまで）
　喫水　二〇メートル
予備浮力　バルジ区画を含む全体で一五三万トン。
　主機　艦本式水管缶三二基／ギヤード・タービン／八軸（機関改良型）
三基三軸を一組とする二組独立制御スクリューと、一基一軸の二組ダクトスクリューを単軸ごとに制御する。

出力　一七〇万馬力
速力　二六ノット
兵装　主砲　六四センチ四五口径三連装
　　　　　　四基一二門
　　　副砲　四六センチ五〇口径三連装
　　　　　　一二基三二門
　　　　　　二〇センチ五〇口径連装
　　　　　　三六基七二門
　　　　　　一二センチ四五口径連装両用砲
　　　　　　六二基一二四門
　　　高角　一〇センチ五五口径連装砲
　　　　　　五四基一〇八門
　　　機銃　三〇ミリ連装機関砲
　　　　　　三〇基六〇門
　　　　　　二五ミリ連装機関砲
　　　　　　六〇基一二〇門
　　　機銃　一三・二ミリ単装　一六四挺

火薬式カタパルト射出機　八基
　　　　搭載　艦上戦闘機　二五機
　　　　　　（カタパルト発進改良型）
　　　　　　水上偵察機　一〇基
電探　九九式二号二型対空電探
　　　九九式一号三型水上電探
装甲　バルジ外板　雷撃水圧吸収ブロック　三段
　　　　　　　　（三m×三m、厚さ一・五m）
　　　舷側装甲　四〇センチ装甲板
　　　中甲板装甲　三〇センチ装甲板
　　　中甲板天井　三メートル厚・
　　　　　　　　　鋼筋コンクリート構造
　　　防御区画内壁　五メートル厚・
　　　　　　　　　鋼筋コンクリート構造
　　　上甲板各部　コンクリート重層パネル

五枚〜二〇枚

主砲塔天蓋　四五センチ装甲板
二メートル厚・
鋼筋コンクリート板

主砲塔前盾　六〇センチ装甲板
二メートル厚・
鋼筋コンクリート板

主砲塔横面　四〇センチ装甲板
一・五メートル厚・
鋼筋コンクリート板

副砲塔天蓋　三〇センチ装甲板
一メートル厚・
鋼筋コンクリート板

副砲塔前盾　四五センチ装甲板
一・五メートル厚・
鋼筋コンクリート板

副砲塔横面　二〇センチ装甲板
一メートル厚・
鋼筋コンクリート板

※雷撃水圧吸収ブロック

縦横三メートル／奥行き一・五メートルの四柱立方体型ブロック。
三センチ厚の鋼製外板が外側面に張られている。
鋼製外板の下には、縦横二・六メートルのコンリート製衝撃緩和遊動板がある。

遊動板は直径五センチの鉄パイプ四本で支えられていて、衝撃を受けるとパイプが変形するとともに遊動板が奥へと押し込まれ、同時に水密されている海水が外方向へ排出されることで、水圧式ショックアブソーバーとして働く。

鉄パイプと遊動板で爆圧を吸収できない場合は、ブロックの支柱となっている二五センチコンクリート柱四本が破壊されることで、さらなる衝撃吸収を行なう。

すべての衝撃吸収部材が破壊されても衝撃を解消できない場合、ブロック全体が破壊・脱落し、さらに下にある第二段めのブロックが衝撃を吸収する。

合計三段の衝撃吸収ブロックでも吸収できない場合は、バルジ内の水密区画で衝撃を吸収し、絶対防御区画を構成する舷側装甲板への圧力伝達を阻止する。

破壊されたブロックは、停泊した状態で交換修復可能。

艦内にある予備ブロックを、上甲板にある搬出口から搬送路を用いてバルジ甲板まで運び、そこから五トンクレーンと滑車で釣り下げて破損部位まで下げられる。

潜水夫が、四ヵ所のボルトを水圧式インパクトレンチを用いて締めるだけで設置可能。

潜水夫は、バルジ甲板から圧送空気をダクト供給される。

伊豆型特殊工作輸送艦の随伴が可能になってからは、二隻の伊豆型が両舷に位置することで、同時に多数のブロック交換が可能になった。

※鋼筋コンクリート重層パネル

艦の各所に用いられている、脱着パネル方式の鋼板と鋼筋コンクリート板の多重積層板（鋼筋とは、鉄筋の鉄棒の代わりに、引っぱり圧力を加えた鋼棒を使用したもの）。

二メートル×一メートルの一〇ミリ鋼板に九センチ厚のコンクリート板を張りつけたものを一層とし、これをパネルの基本単位とする（旧型）。新型は甲I型重層板（三センチ鋼板／二〇センチ鋼筋コンクリ板）と甲II型重層板（一センチ鋼板／九センチ鋼筋コンクリ板）の二種類に変更された。


　衝撃を受けた重層パネルは、一層単位で破壊されることにより衝撃を吸収する。

　破壊されたパネルは、艦内補修部隊により予備パネルの在庫が切れるまで交換可能。

※ダクトスクリュー
　艦尾方向からの雷撃で推進装置が全滅するのを阻止するための特殊スクリュー。

　艦の前部・喫水下にダクト吸入口がある。

　スクリューは後部ダクト排出口の手前に設置されている。

　ダクトスクリューは左右二基あり、それぞれが独立して操作可能。

　通常のスクリューは六基あるが、これも三基一組で独立操作が可能。

　この仕組みを用いて片舷二基のダクトスクリューを逆進させ、さらに前部副舵を操作することにより、旋回半径の縮小および旋回時間の大幅な短縮が実現した。

　通常旋回半径は二六ノットで横一二五〇メートル／縦一二〇〇メートル（大和型は横六四〇メートル／縦五八九メートル）。

　片舷逆進と前部副舵を使用した場合、二六ノットで横九五〇メートル／縦九二〇メートル。

※六二センチ四五口径主砲

最大射程五四キロ。

砲弾　一二五六〇キログラム。全長二一九センチ。炸薬八六・八五キログラム。

前部檣楼トップにある四〇メートル測距儀、後部檣楼トップにある三〇メートル測距儀、各砲塔に付随する二〇メートル測距儀のいずれでも測距射撃が可能。

※四六センチ五〇口径三連装副砲
最大射程は四五キロ。

大和型で計画されていた主砲を五〇口径にしたもの。

砲塔装甲は形式変更により違っている。

※二〇センチ五〇口径連装副砲
最大射程二七キロ。

片舷方向の水上艦／陸上を主敵と定める。重巡クラスの砲を搭載している。

砲塔装甲は、装甲板にコンクリート重層パネルを加えて構成されている。

※一二センチ五〇口径連装両用砲
最大射程一八キロ。最大射高八〇〇〇メートル。
主用途は、舷側水平方向から飛来する敵雷撃機の撃墜／小型水上艦艇の撃滅
両用砲のため対空射撃も可能。
砲塔装甲は、装甲板にコンクリート重層パネルを加えて構成されている。

※九八式一〇センチ六五口径連装高角砲
最大射高一〇〇〇〇メートル。

一二センチが両用砲のため、対空用途における射撃

速度および照準の難しさを考慮し、対空戦闘専用の砲が設置された。発射速度／射撃高度は一二センチを陵駕する。

※三〇ミリ連装機関砲

※二五ミリ連装機関砲

従来型の九五式二五ミリ連装機関砲が米艦上機に対して非力と判定されたため、砲身と機関部を拡大設計した改良型が装備されることになった。長砲身のため初速があり、最大射撃高度も三〇〇〇メートルにまで向上している。

砲塔形式ではなく、前盾を備えた砲座方式。前盾防弾板は三〇ミリ厚。二〇ミリ機銃弾までなら完全阻止する。

※一三・二ミリ単装機銃

従来型の単装機銃。甲板各所にある銃架に九七式一三・二ミリ機銃を設置して使用する。操作人員は二名（射撃一名／給弾一名）。

防弾板は無し。

伊豆型特殊工作輸送艦

※戦艦八島の継戦能力を飛躍的に向上させるため、舷側ブロックの迅速洋上補修／艦内での重層コンクリート板の製造／艦内倉庫からの迅速なクレーン搬出／八島搭載の改良艦戦を一度に二機運べる外洋搬送艇を一〇隻保有……などの特殊能力を有している。

同型艦　伊豆／房総／丹後／能登

全長　二一〇メートル

全幅　三二メートル

排水量　二万八〇〇〇トン
主機　艦本式水管缶／ギヤード・タービン／四軸
（機関改良型）
通常スクリュー二基／ダクトスクリュー二基。
副機　直列一二気筒デーゼル　二基
（艦首サイドのスラスタ・スクリュー用）
出力　主機　七六〇〇〇馬力
副機　四五〇〇馬力×2
速力　二六ノット
兵装　主砲　一二センチ四五口径連装
両用砲　三基六門
二五ミリ連装機関砲　四基八門
機銃　一三・三ミリ単装　八挺
搭載　舷側クレーン　一六基
艦尾大クレーン　一基
甲板作業用
ガントリークレーン　二基
後部舟艇格納庫
外洋搬送艇　一〇隻
乗員　一二六〇名（艦員四三〇／
工員六二〇／操作員八六／
その他一二四）

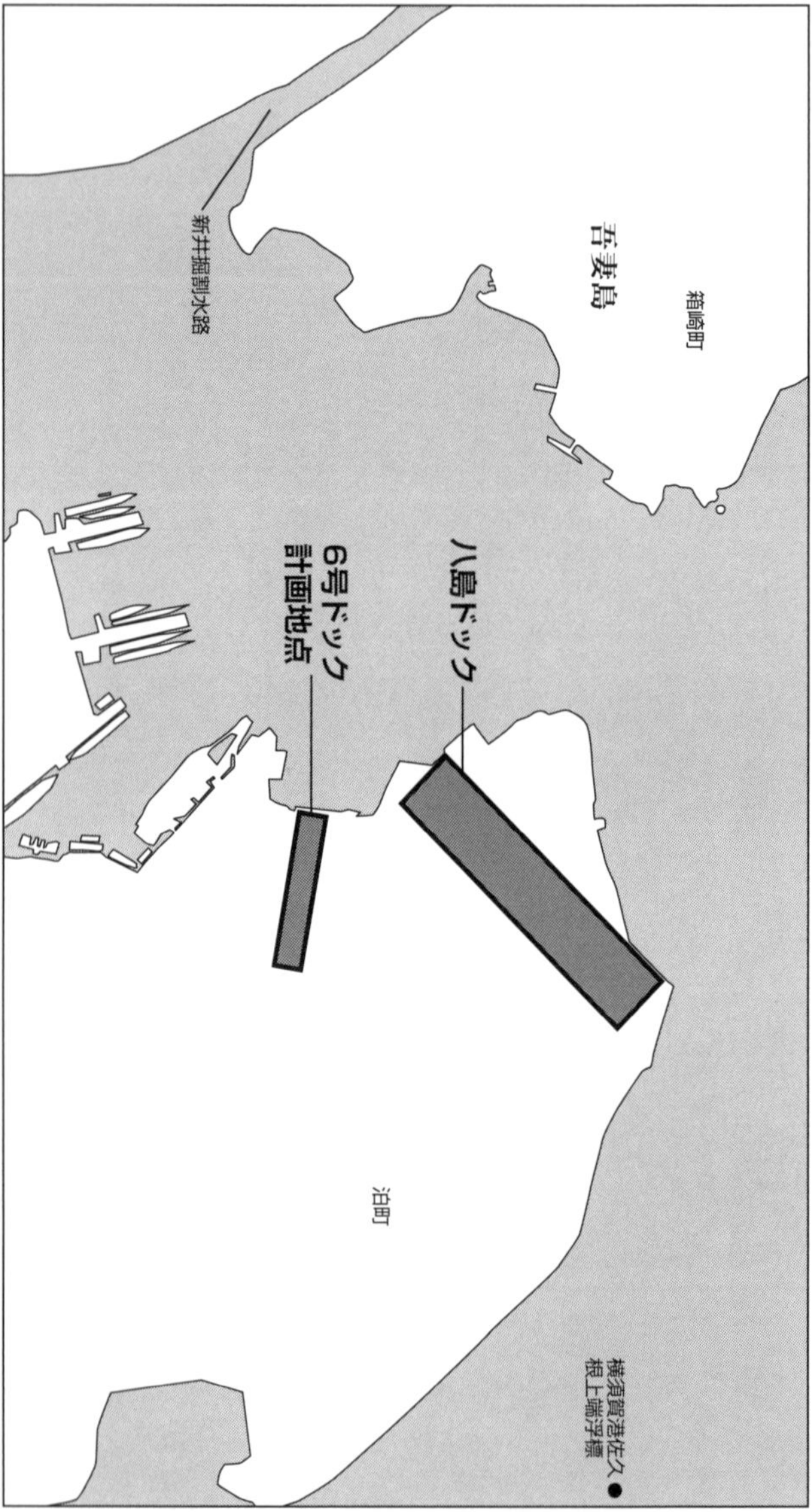
吾妻島
箱崎町
新井掘割水路
八島ドック
6号ドック
計画地点
泊町
横須賀港佐久
根上端浮標

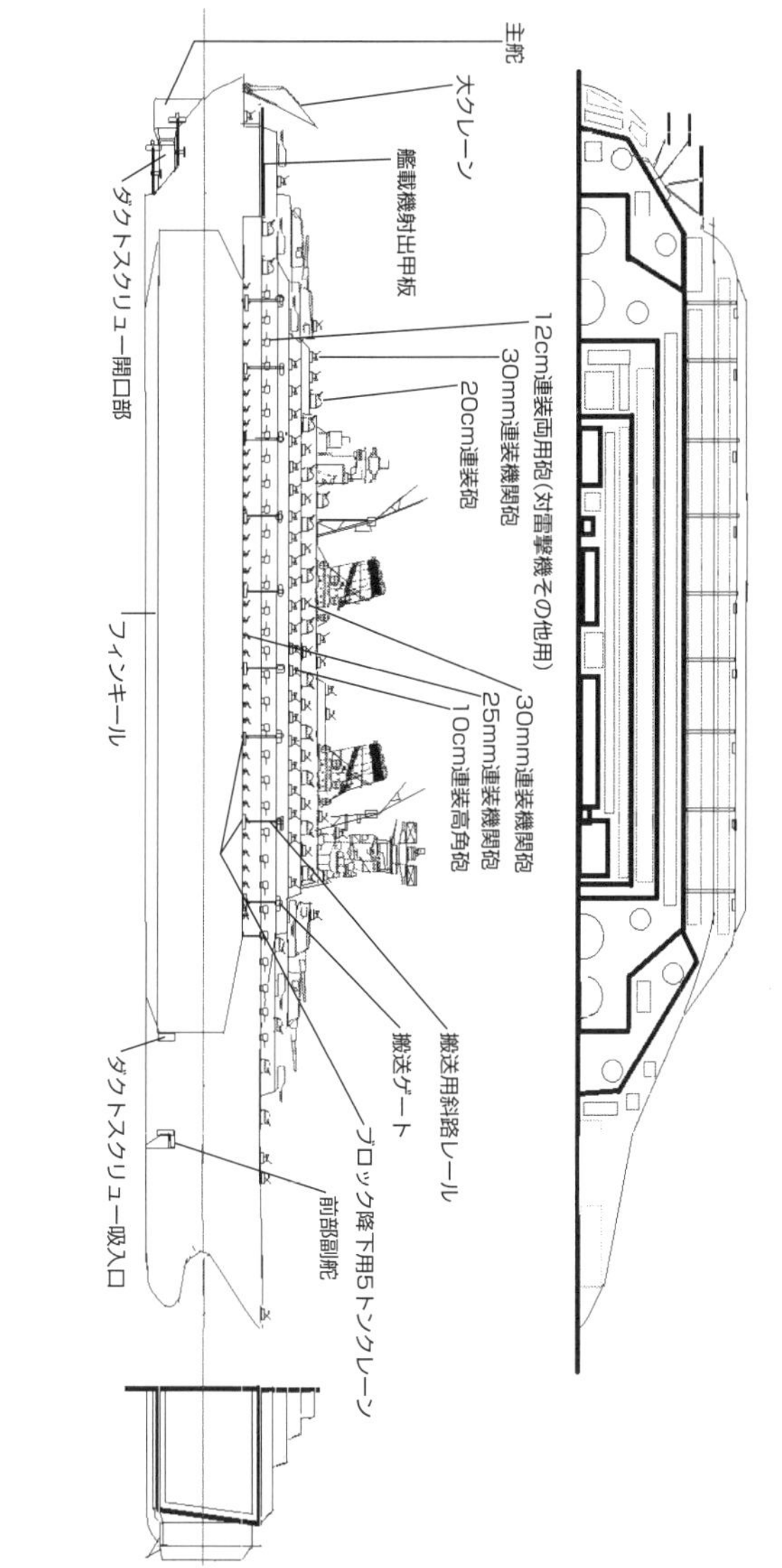
主舵
大クレーン
艦載機射出甲板
12cm連装両用砲（対雷撃機その他用）
30mm連装機関砲
20cm連装砲
30mm連装機関砲
25mm連装機関砲
10cm連装高角砲
搬送用斜路レール
搬送ゲート
ブロック降下用5トンクレーン
前部副舵
ダクトスクリュー開口部
フィンキール
ダクトスクリュー吸入口

超極級戦艦　八島

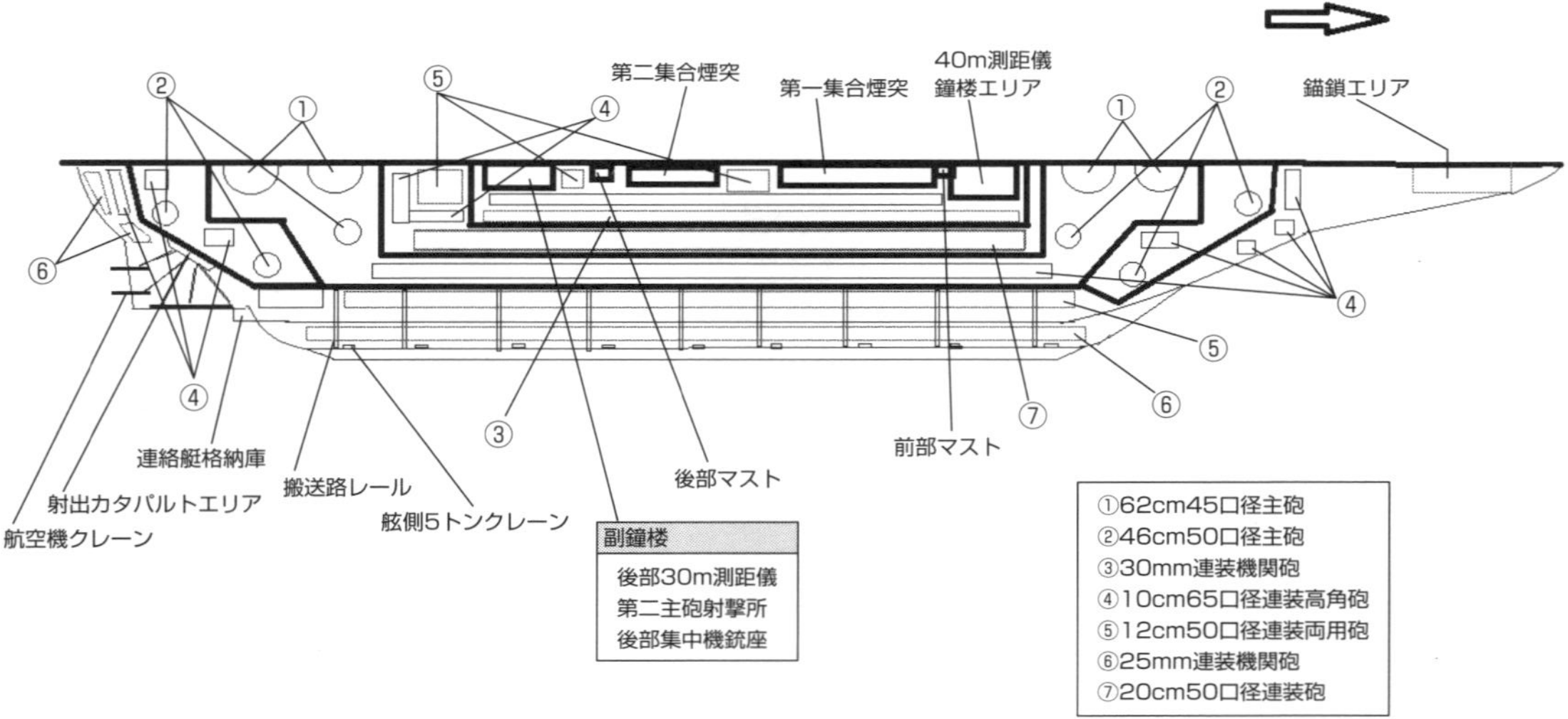

②
⑤
第二集合煙突
④
①
第一集合煙突
40m測距儀
鐘楼エリア
①
②
錨鎖エリア
⑥
④
④
⑤
⑥
③
⑦
連絡艇格納庫
搬送路レール
射出カタパルトエリア
舷側5トンクレーン
航空機クレーン
後部マスト
前部マスト
副鐘楼
後部30m測距儀
第二主砲射撃所
後部集中機銃座
①62cm45口径主砲
②46cm50口径主砲
③30mm連装機関砲
④10cm65口径連装高角砲
⑤12cm50口径連装両用砲
⑥25mm連装機関砲
⑦20cm50口径連装砲

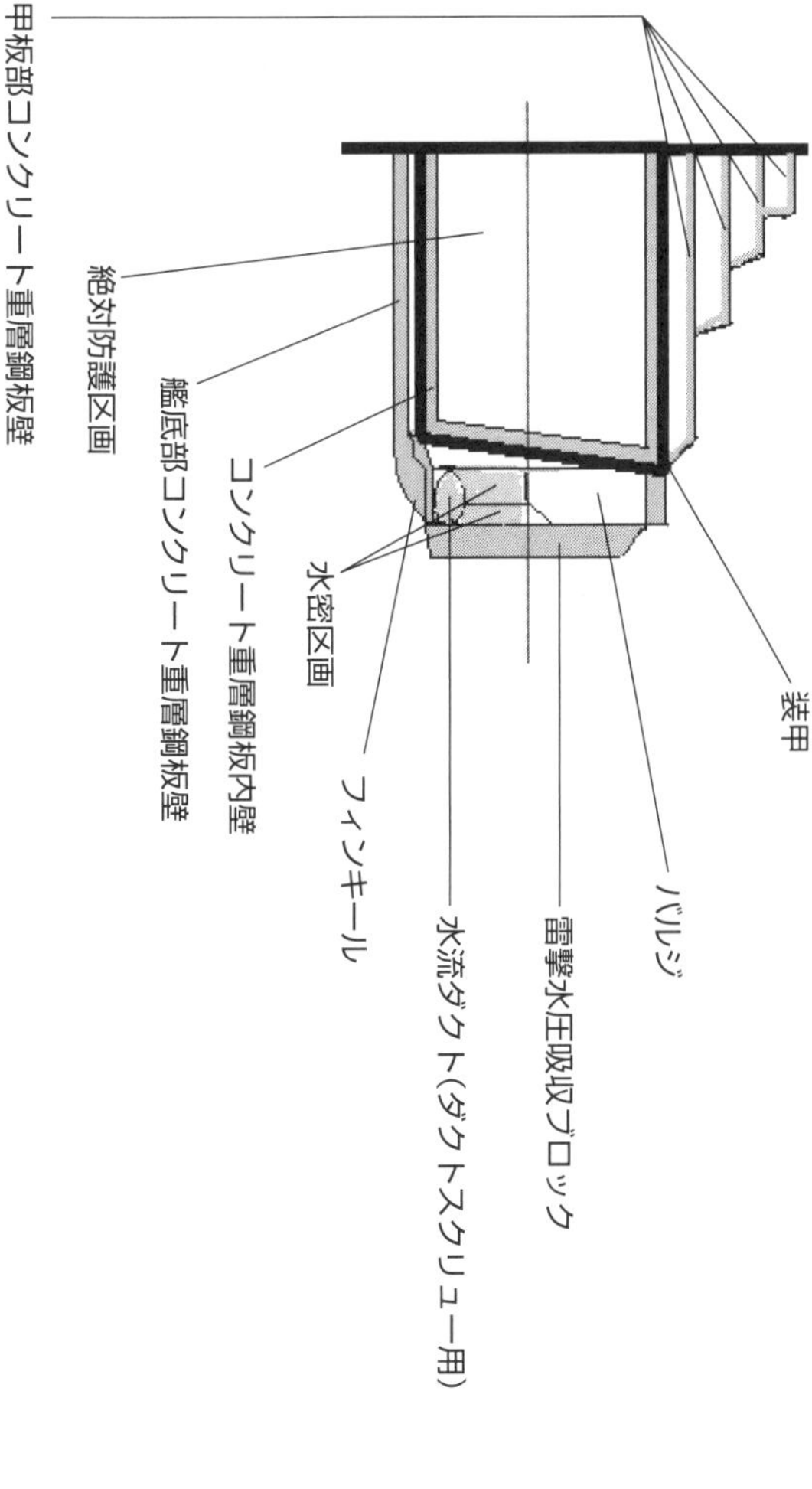
甲板部コンクリート重層鋼板壁
絶対防護区画
艦底部コンクリート重層鋼板壁
コンクリート重層鋼板内壁
水密区画
フィンキール
水流ダクト(ダクトスクリュー用)
雷撃水圧吸収ブロック
バルジ
装甲

VICTORY NOVELS　ヴィクトリー ノベルス

超極級戦艦「八島（やしま）」（1）
強襲！ 米本土砲撃

2023年1月25日　初版発行

著　者　　羅門祐人
発行人　　杉原葉子
発行所　　株式会社 **電波社**
〒154-0002　東京都世田谷区下馬6-15-4
TEL. 03-3418-4620
FAX. 03-3421-7170
http://www.rc-tech.co.jp/
振替　　00130-8-76758

印刷・製本　中央精版印刷株式会社

ISBN978-4-86490-226-7　C0293